U0051757

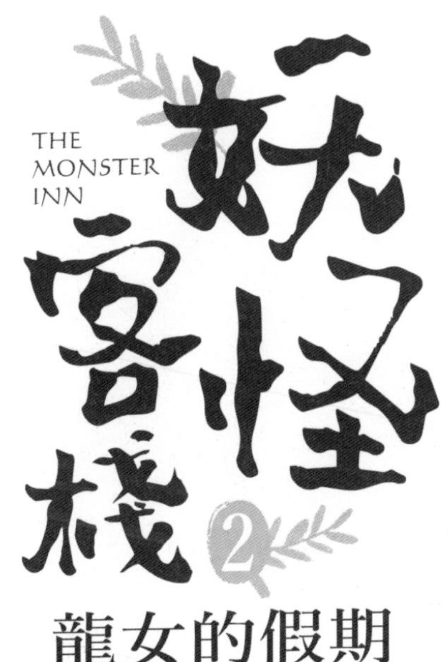

龍女的假期

楊翠——著

人物介紹

李知宵

人類男孩，擁有八分之一的妖怪血統，是妖怪客棧的現任小老闆。剛開始，他對妖怪的世界既喜歡又排斥，但在妖怪的幫助下慢慢認清了自己的責任。

柳眞眞

人類女孩，李知宵隔壁班的同學，出身於法術師世家。她的夢想是成為世界上最厲害的捉妖師。她性格直爽，痛恨說謊，一看就絕對不是普通人。

曲江

山羊妖，在妖怪客棧住得最久、年紀最大的妖怪。他像爺爺一樣關心、保護著李知宵，在妖怪的心目中也是最可靠的前輩。

沈碧波

人類男孩，李知宵的同班同學，從小被姑獲鳥收養，披上羽衣就能變成姑獲鳥。他對自己的身分感到苦惱，在姑獲鳥之鄉大戰後，終於認識到忠於自我的可貴，和養母的關係也更加親密了。

螭吻

龍王的第九個兒子，性格放蕩不羈，時常鬧笑話。他深藏不露，一直在默默保護著妖怪客棧，是李知宵的法術師父。他的原形是龍身、鯉魚尾的大妖怪，能呼風喚雨。

柯立

鼠妖，妖怪客棧的經理兼主廚，有三個分別叫包子、餃子和饅頭的姪子。這一家子都對「吃」和「八卦」相當有研究。

茶來

一隻把毛染得花花綠綠的貓妖，是螭吻的跟班，說話刻薄，但特別能幹。和普通貓一樣，他只對「吃了睡、睡了吃」感興趣。

嘲風

她的原形是龍首、龍尾的巨獸，是龍王的第三個女兒，也是螭吻最害怕的姊姊。她是個雷厲風行的工作狂，比學務主任更可怕，但她並不像表面上那麼凶，其實她是用自己的方式在關心著所有人。

螢火蟲

萬年老龜，絕大部分時間都在睡覺，身邊有一隻照顧他起居的小螢火蟲。他幾乎掌握了所有妖怪的資訊，一旦醒來，就會化身為妖怪偵探。

水橫舟

水蛇妖，是嘲風的助手。她非常崇拜嘲風，為了向嘲風學習化龍的法術而不斷用功，總是覺得自己不夠努力而自卑。

江元

妖怪歎息時氣息聚集的悲傷之魂，被黑氣圍繞，所到之處萬物都會失去生命力，陷入無盡的悲傷。後來被李知宵和柳真真淨化成無害的青蛙妖。

妖怪客棧平面圖

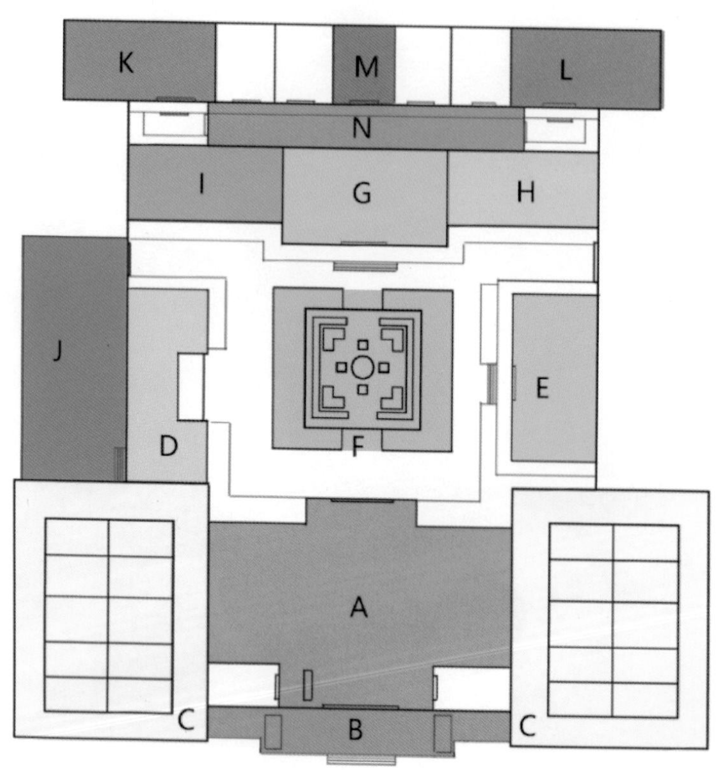

A
主廳
妖怪舉辦宴會的地方，燭光永遠不熄滅，食物永遠吃不完。

B
門廊
進入妖怪客棧必經的走廊，可以把無關的人類擋在門外。

C
客房
每間客房牆上的圖畫，會隨著妖怪房客的心情變化而變化。

D

經理室

客棧經理——鼠妖柯立的辦公室。

E

雜物間

堆滿了妖怪房客的奇怪物品，只要有耐心就能挖到寶貝。

F

中庭

種滿仙草、泉水叮咚的庭院，變幻著五彩的光。

G

貴賓室

歷代妖怪客棧老闆接待客人的地方。

H

穿堂

連接中庭和後花園的屋子，風景隨著進入的妖怪不同而變幻。

I

書房

堆滿了各種妖怪書籍，有的書本身就是個妖怪。

J

伙房

妖怪客棧的廚房，鼠妖柯立兼任主廚。

K

大客房

最高級的客房，住起來更舒服。

L

人類客房

客棧小老闆李知宵的住房，布置得適宜人類居住。

M

清潔工具間

妖怪客棧的清潔中心，負責這項工作的是螃蟹精轟隆隆。

N

後花園

種植了散發妖氣的植物，能帶給妖怪好心情。

作者序

小時候，每天夜裡淘氣，大人總是喜歡瞪大眼睛說：「麻老虎來了！」每一次我都會害怕得直發抖，乖乖按照大人的要求去做。

我家住在鄉間，夜裡一片漆黑，每次我望向窗外，心裡都明白極了：那可怕的麻老虎肯定就躲在某棵樹下，或是某片草叢裡，對我虎視眈眈。明明那麼害怕，為何還會一次次望向窗外？也許，我想要找到麻老虎，我有些盼望見到它，確定它不是父母的謊言。

自從《妖怪客棧》出版後，我被問過好多次：**你相不相信這個世界上有鬼神精怪？**

我膽子小，怕黑，擔心鬼怪的攻擊，夜裡我比較相信；白天沒那麼害怕，便沒那麼相信了。不過，是否相信真有那麼重要嗎？就算它們真的不存在，我也可以假裝相信，因為，並不是所有事物都必須存在於現實世界中，它們也可以只存在於我們的腦子裡。

因此，希望你閱讀《妖怪客棧》時，相信或者假裝相信妖怪存在。也希望能帶給你一次愉快的閱讀體驗。

目次

楔子

李知宵繼承妖怪客棧還不到半年，就從妖怪世界的過路人變成了妖怪們十分敬重的小老闆。從天而降的妖界明星龍子螭吻、妖怪客棧德高望重的山羊妖曲江、鼠妖柯立、小麻雀白若、兔妖阿吉、蜘蛛精八千萬、山妖咕嚕嚕和嘩啦啦……知宵一下子擁有了這麼多妖怪朋友，生活熱鬧極了，連夢也變得不平靜，每一場夢都像一次冒險，比電影還要精采。

某一次的夢中冒險，知宵坐在一艘小船裡，船兒孤零零的漂在海上。突然，海浪變得洶湧，船兒被拋向天空，然後又落下來。知宵掉進了水裡。他拚命划動四肢，想鑽出海面，可是他的身體像鉛塊一樣重，不停的往下沉。

這時，一條有些像海豚的藍色大魚朝他游過來。大魚那可怕的雙眼閃著寒光，直直的盯著牠的晚餐——知宵。知宵拚命的揮動四肢划水，可是怎麼也無法前進半公尺。

難道就要在這兒葬身魚腹了嗎？我還有好多地方沒去、好多食物沒吃、好多遊戲沒有玩啊！真是不甘心！知宵難過得想哭，但在第一滴眼淚順利擠出眼眶之前，那條魚便張開了嘴巴。知宵眼前一黑——他被嚇醒了。

夏夜裡，寶貴的涼風從窗外溫柔的吹進來，知宵本來怦怦直跳的心慢慢平靜下來。他打了個哈欠，繼續睡覺，準備迎接下一次的夢中冒險。

直到一個月後，知宵才明白，這個夢可能是對他接下來那水深火熱般生活的暗示。

第一章

螭吻的神祕客人

姑獲鳥首領爭奪戰已經平息很久了，羽佑鄉遭受了巨大的損失，不過在姑獲鳥們的辛勤勞動下，那兒也漸漸的從破敗裡煥發出一些生機。雖然沒有了斑的力量支撐，但姑獲鳥們的心意凝聚在一起，也許會是更強大的力量，說不定幾百年之後，羽佑鄉又能重拾昔日風采。

同時，美好的暑假終於開始了。幾個月前，山羊妖曲江提出要利用暑假指導知宵修行，學習更多的法術。曲江是妖怪客棧裡最年長的妖怪，同時自詡為知宵的監護者。但是，曲江年紀大了，他好像忘了這個計畫。知宵表面不動聲色，其實心裡樂不可支，他當然想無憂無慮的度過假期呀。可惜好景不長，知宵和柳真真接到了螭吻十萬火急的任務。

「聽好了，金月樓所有的妖怪，我以客棧保護人的名義要求大家——全體去我家大掃除！」

太陽真是打西邊出來了！

螭吻是出了名的懶散，特別討厭幹活兒，現在竟然關心起家裡的環境衛生了！這下子，金月樓裡所有沒事做的妖怪，加上知宵和柳真真，都成了螭吻的傭人，裡裡外外忙成一團。螭吻本性不改，才不願讓自己保養得當的手指沾上灰塵，他本人只是當監工，動動嘴巴，把大家指揮得團團轉。雖然螭吻家和客棧相隔甚遠，可是螭吻經營的仲介公司辦公室正好在客棧裡，辦公室的側門外就是螭吻家的花園，來往很方便。現在，大家恨不得把那扇門給堵上。

知宵一臉不樂意的在螭吻家的花園拔草，螭吻就跟在他屁股後面嚷嚷道：「李知宵，腳邊、腳邊，雜草！雜草！天哪，你連這點小事都做不好，作為師父的我，臉該往哪擱呀？」

知宵低頭看了一眼，說道：「只有一株小草，不用這麼在意吧？」

「那個傢伙是出了名的挑剔，會因為一株草發一頓脾氣喲！我這可是為你們好。」

「我們這麼拚命，到底是為了迎接哪位尊貴的客人呀？」知宵問。

「這個問題問得很好，但是——」蟎吻一本正經的說，「這位客人是個低調的大人物，不願意被打擾，只想安安靜靜的度個假，所以我無可奉告。」

說完，蟎吻又對其他的妖怪指手畫腳去了。

柳真真悄悄挪過來，對知宵說道：「我已經到了忍耐的極限啦！本來以為成為蟎吻的弟子，可以得到他的指點。但是，這幾個月下來，他只是讓我們幹雜活兒，完全是浪費時間呀！這樣下去可不是辦法，知宵，不如我們一起再找一位師父吧？」

寒假時，柳真真和知宵先後在仲介公司裡打工，同時知宵也順理成章的成為蟎吻的弟子，跟隨他學習妖界的知識。蟎吻雖是妖界的大人物，性格卻太過懶散，似乎從沒把自己是師父的身分放在心上，也不覺得為人師表要承擔什麼重要的責任，所以一直放任知宵和柳真真不管。

「我才不要！我覺得蟎吻挺好的，修行有什麼好玩的呀！」知宵說，「你不是一直覺得能當蟎吻的弟子很幸運嗎？」

「沒錯，不過也沒什麼啊！一位師父可以不止收一個弟子，那我為什麼不可以多找幾位師父？想想看，我們在學校裡也不止一位老師呀！李知宵，你當然巴不得蟎吻先生一直不搭理我們，這樣你就有機會到處閒晃。我和你可不一樣。」

柳真真說，「外婆給了我重要的法器，我想盡快掌握它的用法。」

柳真真家的女性世代都是驅妖師，她從小就決定繼承家族事業。兩天前，她的外婆整理倉庫時，找出一枝奇怪的毛筆交給柳真真，聲稱那枝筆擁有強大的淨化力量，驅散過不少邪物。不過知宵認為，沒必要對老人家從角落裡翻出來的舊物抱有太大的希望。

「但是，找到新的老師很不容易，我只好先被螭吻驅使。」柳真真故意長長歎了一口氣，「所以，繼續拔草吧！」

很快到了晚上，螭吻召集所有的「清潔工」，對大家的工作挑剔了一番，然後甩了甩他那又長又飄逸的頭髮，說道：「雖然很糟糕，但也沒辦法了。我得離開一段時間，有個難纏的傢伙會暫時住進來，祝你們好運。哈哈哈！」

螭吻一臉幸災樂禍的表情，讓知宵有種不祥的預感：祝我們好運，什麼意思？客人到底是誰呀？

大家心中還有很多疑問，但螭吻已經現出龍身、鯉魚尾的原形竄上天空，消失在星空之中。

螭吻一走，累壞了的妖怪們紛紛癱倒在地。正好花園已經整理得乾乾淨淨，知宵和柳真真為大家買了不少好吃的，大家就在花園裡聚餐。

天氣太熱，大家紛紛笑嘻嘻的把果汁飲料遞到知宵面前。知宵只得伸手放在飲料堆上，很快的，這些飲料都結了冰——知宵的曾祖母章含煙是一隻雪妖，有八分之一妖怪血統的他也繼承了一部分妖怪的能力。填飽肚子後，山羊妖曲江摸著鬍子說：「悶熱的夏天，正適合講恐怖故事啊！」

「我最喜歡變成可怕的鬼怪嚇唬人，就給你們講講我的親身經歷如何？」茶來得意的說。茶來是一隻貓妖，現任螭吻仲介公司的經理，現在也住在妖怪客棧。為了顯得與眾不同，茶來不僅不願意化為人形，還刻意把身上的毛染成五顏六色。

「好啊！」柳真真說。

知宵本來想反對，但發現妖怪們都興致高漲，為了不被看扁，只好閉嘴。於是，一個個恐怖、離奇的故事，從妖怪們的嘴裡蹦出來，伴隨著陣陣涼風，飄進知宵的耳朵。柳真真害怕極了，死死拽著知宵的胳膊。

「原來你也會害怕呀！」知宵說。

「因為害怕才想聽呀！」柳真真說，「如果沒有人害怕，那幹麼要講恐怖故事啊？」

很快便輪到小麻雀白若講故事了。這隻胖呼呼的小妖怪還真是費心，刻意壓低自己的聲音，不時還「啾啾」尖叫兩聲，逗得大小妖怪們跟著他一起尖叫。

「不遠處總有一個人，看不清楚臉孔，卻能感覺到那個人的目光，總是望著她。這樣過了好幾天，她從辦公室大樓外經過時，突然聽到頭頂傳來奇怪的聲音……」

一定是自己的錯覺，知宵想。因為他確實感覺頭頂有奇怪的聲音。

「她忍不住抬頭看……」

要不要抬頭看看？

「頭頂上掉下了可怕的東西！」

突然，「轟」的一聲響。

「哇！」

真的有東西從天空掉了下來，落在花叢裡！茶來嚇得趴到知宵臉上，柳真真死命掐住了知宵的胳膊。其他妖怪愣了一、兩秒，紛紛哇哇大叫，在原地抱頭打轉。

知宵把茶來扯下來，這隻貓以最快的速度逃進了屋子裡。酒氣從不明物體那邊飄過來，知宵隱約還聽到了打嗝聲。他很好奇，但又不敢靠近花叢，只是踮著腳、伸長脖子張望。這時曲江說：「大家不要慌張，就算是可怕的妖怪又怎樣？我們也是妖怪啊！」

接著，曲江打開手電筒，照在不明物體身上。原來是一個喝醉酒的女人——不對，她從空中突然落下，毛茸茸的尖耳朵豎立著，應該是喝醉酒的女妖怪。大家這才平靜下來，一致認為不能放著這隻妖怪不管，所以就暫時把她安頓在蝸吻仲介公司的辦公室。

在明亮的燈光下，知宵覺得這妖怪的面孔有幾分熟悉，於是問道：「你們知道她是誰嗎？」

「不知道。」山妖咕嚕嚕討好的吸了吸鼻子，「從氣息上判斷，她絕對是個大人物。」

山妖嘩啦啦點頭附和：「她的頭髮好漂亮啊！比螭吻大人的頭髮還好看，一定很值錢！」

這對山妖兄弟是知宵不久前收服的手下，很不聽話又見錢眼開。知宵正想提醒他們不要做傻事，咕嚕嚕已經伸出胖手，拔了那女妖怪一根頭髮。幾秒鐘之後，咕嚕嚕就哇哇大叫了起來。

大家的目光都轉向咕嚕嚕，他拔下的頭髮似乎有了生命，像蛇一樣緊緊纏繞在他身上，把這隻山妖勒成了一根香腸。這女妖怪果然很厲害，知宵隱隱覺得，大家這次可能撿了個大麻煩回來。

這時，茶來跳到床前，瞧了床上的女妖怪一眼，嚇得尾巴倒豎，用略微發抖的聲音對咕嚕嚕說：「喵，你死定了。」

「嘩啦啦，快幫幫我！」咕嚕嚕嚇得大哭起來。

嘩啦啦試著咬斷頭髮，但是毫無作用。

「沒用的。只能等她醒過來。如果她心情好，你們道歉賠禮的態度也不差，說不定她會留一條生路給你。」茶來又說。

「這就是蟎吻所說的客人吧？」知宵問。

茶來嚴肅的點點頭，又說：「如果她要住在蟎吻家裡，我們都沒好日子過。」

「她是誰？」柳真真問。

「我不能告訴你們。」

茶來的樣子並不像在開玩笑，大家都惴惴不安起來，講鬼故事的興致全無，三三兩兩的準備各自回客房。知宵和柳真真也準備先回家。不過，金月樓唯一擁有汽車的鼠妖柯立不知為什麼不在，於是由曲江叫車送他們倆回去。

累了一天的知宵一沾枕頭就睡著了，可是，他在夢裡都在想著：那個神祕的客人到底是誰呢？她和蟎吻又是什麼關係？

第二章

剽悍的美女妖怪

第二天一大早，柳真真就拉著知宵趕往金月樓，要去看看昨天的客人。嘩啦啦帶著被頭髮捆住的咕嚕嚕，也可憐兮兮的跟在知宵後面。不過客人已經不在辦公室裡，於是他們又穿過辦公室的側門跑到蝸吻家。

蝸吻家的大門敞開著。剛一跨進門，知宵就隱約覺得氣氛有些異樣，仔細一看，平時好吃懶做的貓妖茶來正拿著小掃帚上竄下跳的打掃著，還跑到廚房裡燒熱水。

知宵覺得很不自在，小聲問茶來：「客人醒了嗎？」

「人類的小孩子，快出去！」冰冷的聲音從身後傳來，知宵打了個寒顫，回過頭便看到昨天那個喝醉酒的女人。她應該是知宵見過的、長得最漂亮的女人，黑髮長到腰際，像洗髮精廣告裡的模特兒一樣，閃爍著不真實的光芒。她臉色蒼白，面無表情，瞳孔像墨一樣黑。當她看著知宵時，像是要把知宵吸進她的眼睛裡。知宵趕緊垂下頭。

女客人的目光轉向手中的一小瓶飲料，仰起脖子喝了一口，接著低頭說道：「你們倆聾了嗎？我叫你們出去！不然我就颳一陣風送你們出去！」

「您好，我叫柳真真，他是李知宵，我們倆……是蝸吻先生的弟子，好好招待您是我們的責任。」還是柳真真反應快，她笑瞇瞇的說。

「招待我？」女客人冷笑一聲，又喝了一口飲料，知宵嗅到了一絲酒氣，「根據妖怪法則第七條，人類要麼髒兮兮，要麼傻乎乎，遠離他們。妖怪法則第三十二條，小孩子的討厭之處，在於他們笨拙、愚蠢而不自知。出去！」

「我從來沒聽說有這樣的法則，」柳真真說，「也從來沒在哪本妖怪的書裡看到過！」

「呵呵～那只能說明你見識淺薄。我再說最後一遍，出去，然後關上門！」

她的話聽起來不容違抗，知宵只好說道：「我們馬上離開，不過，請您解開咕嚕嚕身上的頭髮。」

「妖怪法則第三條，拿走我頭髮者，我便拿走他最珍貴的東西。最近我對搶走別人的東西不感興趣，算你走運了，小山妖。既然你喜歡我的頭髮，我就把它暫時借給你三天，給你當緊身衣。」

「多謝您的好意……不過，我快被勒死了。我錯了，您大人有大量，求求您——」

咕嚕嚕還沒說完，就被這位剽悍的女客人瞪了一眼。咕嚕嚕嚇得大叫一聲，飛出去撞在牆上，掉下來時還打碎了花瓶。茶來趕緊跑過去打掃碎片，嘴裡嘮叨著：「只懂得添亂，笨手笨腳，喵！」

女客人那目光的殺傷力實在驚人，此地不宜久留。大家趕緊離開，剛跨出大門，就聽到女客人惡狠狠的聲音：「我叫你們帶上門！」知宵轉過頭去準備關門，「砰」的一聲，門突然關上，還差點撞到他的鼻子。

這位女客人脾氣暴躁，很難對付，和螭吻說的一樣。但是柳真真的想法完全不一樣，反正螭吻也不在，她就毫不猶豫的將這位客人當成新老師的人選了。

「真真，你不是被嚇傻了吧？」知宵說。

「拜託！難道你對她的身分一點兒也不好奇嗎？難道你感覺不出她很厲害嗎？連螭吻也怕她呢！超級酷！厲害的妖怪都有一點點脾氣，這是常識。」柳真真說，「總之，我們得想辦法調查清楚她到底是誰。」

「最簡單的方法就是問茶來，不過，他應該不會告訴我們。」知宵說。

「放心，我有辦法。」

沒過多久，幹完活兒的茶來疲憊的離開螭吻家——因為客人不想被打擾。知宵和柳真真拉住茶來，掏出一大堆零食和甜點來收買他。這隻貪嘴的胖貓很快就把食物消滅得乾乾淨淨，可是他什麼也不肯說，還再三勸說知宵和柳真真不要多管閒事。

這反而讓知宵和柳真真更加好奇了——誰能忽視身邊行走的謎團呢？

妖怪客棧的房客們心中也有很多疑問。知宵暗地裡讓身形小巧的小麻雀白若和小松鼠麻林悄悄溜進螭吻家打探。

很快的，兩隻小妖怪就跑回來彙報，螭吻的別墅被強大的法力包圍，除非有人打開大門把他們迎進去，不然休想進屋。

「不過，我們也不是一無所獲。」白若拍著自己圓滾滾的肚皮說，「我看到一個賊眉鼠眼的妖怪送給這個客人一個小皮箱。我不知道箱子裡到底裝著什麼，但是直覺告訴我，那絕對不是什麼好東西。」

「沒錯。」麻林也瞪著眼睛誇張的配合同伴說，「說不定是炸彈，她可能是想要毀滅世界的妖界恐怖分子。」

「才不會呢！她可是螭吻先生的客人，師父好像暫時沒有毀滅世界的打算，他的朋友應該也不會這麼可怕。」柳真真摸著下巴說，「我們還是繼續打聽情況，大家要留意客人的一舉一動。」

「好哇！」

金月樓的房客們對打探神祕客人的身分這件事樂意極了，反正他們也沒什麼正事可幹。白若和麻林高興的跑去監視那神祕的客人，知宵便和柳真真在客棧待著，看看書，寫寫作業，玩鬧一番。

直到傍晚，白若嘰嘰喳喳的從窗外飛了進來：「知宵，真真！那個女人出門了，我們快點趁現在溜到螭吻大人家去看看！」

柳真真「唰」的從座位上站了起來。「太好了！」她得意的晃了晃手中的鑰匙，「我有螭吻先生家的鑰匙，我們現在就去。」

知宵不高興的說：「不公平，同樣是螭吻先生的弟子，為什麼只有你有鑰匙？」

「那又怎樣？我是前輩，又是天才，當然擁有這項特權！」柳真真更得意了。

兩個小夥伴像風一樣來到螭吻家門口，柳真真扭動鑰匙，大門順利打開。他們倆讓白若在門外把風，「嗖」的一下竄進屋子裡。知宵的心怦怦亂跳，他覺得自己像個闖空門的小偷，又覺得像在探險。

螭吻家的屋子不僅很大，還有某種魔力，屋子的格局常常發生變化。而且客人似乎對這兒進行了大改造，沒走幾步，他們就迷路了。

柳真真像變戲法一樣，拿出自己那枝外婆給的舊毛筆，說：「我的這枝筆對氣味特別敏感，可以用它引路。」

「它怎麼引路？難道它會說話？還是你能感應到它的想法？」知宵說，「還有，我們到底要去哪兒？」

「我現在還沒辦法和它交流。不過，這枝毛筆裡會冒出藤蔓呢！如果我更厲害點，藤蔓上就能開出花來，所謂妙筆生花，明白吧？至於要去哪兒，我也不知道，咱們不如先找找那個可疑的大箱子。神筆啊神筆，聽從我的指揮，開始工作吧！」

知宵根本不相信這枝毛筆有這麼大的本事，而這枝毛筆也決定讓它的主人失望，完全沒有任何反應。倒是知宵發現，眼前就有個奇怪的房間，裡面正發出冒氣的聲音，滋滋作響。

他們推門進去一看，裡面竟然是個化學實驗室。長桌上堆滿了瓶瓶罐罐，裡面裝著五顏六色的液體。幾支酒精燈燃燒著，坩堝裡的液體冒出白茫茫的水汽，散發著好聞的氣味。

「難道那個女妖真的在配製什麼不合法的東西？會不會是毒藥？」柳真真小聲說，趕緊摀住鼻子。

他們害怕起來，立刻準備退出這個房間。這時，柳真真的舊毛筆動了動，接著，一根細長的藤蔓從筆尖冒出，撲向一個裝著橙色液體的瓶子。沒過一會兒，瓶子裡的液體全部消失了。一瞬間，藤蔓變成了橙色，但很快又恢復正常。看來是毛筆生出的藤蔓把液體都喝掉了。

柳真真高興極了，叫道：「知宵，我的毛筆真的是活的呢！」

事實上，它太活躍了。從毛筆尖冒出的藤蔓像蛇一樣在房間裡扭來扭去，很快就碰碎了幾個玻璃杯，奇怪的液體混合在一起，騰騰的冒出了火苗。柳真真大聲命令藤蔓回來，它卻完全不受控制，只是一個勁兒的變長，到處搞破壞。一陣亂響之後，濃煙從屋裡飄出來，帶著嗆人的氣味。

柳真真和知宵互相看了一眼，知道他們闖下大禍了。而茶來的聲音似乎就在耳邊，重複說著：「喵，你死定了。」

同時，知宵感覺身後好像有一道目光要刺穿自己。他和柳真真一起回過頭，看到帶著詭異笑容的女客人正雙手抱在胸前看著他倆。

「妖怪法則第七十三條，未經允許隨意進入別人領地之人，在其他方面也永遠不值得信任。」女客人一字一頓的說，字字都像冷箭。知宵感覺自己渾身都是窟窿，傷痕累累。就連那根藤蔓也察覺到客人散發出來的殺氣，悄悄的縮回毛筆裡。

一陣妖風吹起她好看的頭髮，狂風又包圍了知宵和柳真真，風裡還夾雜著尖厲的笑聲。

「啊——不聽話的人類孩子！呵呵～你們說，我該怎麼懲罰你們呢？」

第三章

大名鼎鼎的龍女姊姊

知宵感覺自己要被妖風撕成碎片了，他的身體冷得像冰一樣，心跳說不定也停止了。

這時，知宵的耳邊傳來了茶來的聲音：「嘲風大人！看在螭吻大人的面子上，請您手下留情！他們只是小孩子呀！」

「正因為是小孩子，才要懲罰他們，讓他們記住教訓。我真不明白，螭吻腦子裡哪根筋搭錯了，居然收了兩個不聽話的人類孩子當弟子！也不想想自己的身分！」

話雖這樣說，女客人還是揮了揮手，妖風倏的消失了。

「如果蝸吻大人哪天完全按照正常的方式行事，您會更擔心吧？」茶來壯著膽子又說，但還是一副畏畏縮縮的樣子。

「我真不知道該拿他怎麼辦。」女客人笑了笑，很快表情又變得嚴肅起來，「還有，茶來，剛剛你叫我什麼？你不是保證過不會洩漏我的身分嗎？哼！我也得懲罰你呀！要不拿走你的毛皮幫你降降溫？這裡的夏天，又溼又熱的！」

茶來嚇得身體縮成一團，尾巴也豎了起來，但又不敢跑開。

柳真真一副恍然大悟的表情，小聲對知宵說：「她是蝸吻的三姊，嘲風。」

知宵瞪大眼睛。很多神話中的神獸、妖怪都是真實存在於妖界的，自從接管妖怪客棧，他便很注意看一些有關古老神話或傳說的書籍。知宵記得他在書上看到過，嘲風是龍王的第三個孩子，書上說，她的原形像一隻大狗，現在想想，她昨天晚上露出來的耳朵確實很像狗耳朵。

知宵一直盼望著能夠見到更多蝸吻的兄弟姊妹，因此恐懼立刻消失得無影無蹤。柳真真更是難以掩飾自己的激動，蹦蹦跳跳的跑到嘲風面前，想也沒想就說道：「嘲風大人，請您收我當您的弟子吧！」

知宵聽罷，默默的翻了翻白眼。

「你怎麼會有這樣的想法？」嘲風很是吃驚，「你不覺得自己太無禮了嗎？難道你不知道，龍宮城裡有能把人關到世界末日的監獄嗎？」

「我只是心裡想什麼就都說出來了。」柳真真誠懇的說，「難道我說實話就會被關進牢裡？」

嘲風愣了愣，隨即笑了起來，說道：「很好！不過我沒有收弟子的打算，更不會考慮收人類當弟子。但是茶來老是掉毛，幹活兒又慢，長得也討厭。如果你們不想被關進牢裡，那就暫且充當我的跟班吧！我會在螭吻家住一陣子，你們倆一刻也不得懈怠，我讓你們往東，你們就不能往西，事事要聽我的吩咐。如果你們做得不好，我可不會手下留情。最重要的一點是，我的身分不能告訴其他人！雖然我一向低調，還是有一大堆崇拜者會找上門，煩死了……聽明白了嗎？」嘲風一口氣說了這一大串話，瞪著眼睛看向知宵和柳真真。

「明白！」知宵和柳真真齊聲說，一旁的茶來因為逃脫了嘲風的魔爪，長舒了一口氣。嘲風下令，兩個人的工作從明天開始，然後就鑽進了實驗室裡。

晚上，知宵剛夢見嘲風，就被她一連串的教訓嚇醒了，這時天已經亮了。昨天嘲風下令，知宵和柳真真早上七點鐘就得過去幹活兒。他匆匆忙忙漱洗完畢，準備離開，媽媽又抱怨了一通，搖著頭說他和妖怪們走得太近。但媽媽並沒有阻止他，這半年來，知宵的成長，媽媽也看在眼裡。

等他們倆推開妖怪客棧的大門，穿過螭吻的辦公室，嘲風已經在螭吻家門口等著了。嘲風交給知宵和柳真真的第一項工作，就是清洗一大堆燒杯和試管。

擺脫了工作的茶來又恢復了往日的狀態，懶洋洋的趴在窗臺上，對著幹活兒的兩個人冷嘲熱諷。茶來說，他早就知道柳真真和知宵絕對不會乖乖聽話，絕對會想盡辦法打聽客人的身分，絕對會闖禍，也絕對會被嘲風使喚做這、做那。

「我認識嘲風大人好長一段時間了，她最喜歡指揮別人，恨不得每個人都聽她的話，為此她和螭吻起過不少衝突。」茶來說。

「對了，螭吻先生上哪兒去了？」知宵問。

「這還用說嗎？一定是為了躲避嘲風，跑到國外去了。說不定他離開了地球，去了銀河系的其他地方呢！」柳真真說，「希望他回地球時，可以給我們帶些稀奇的特產。」

茶來看著他們倆一臉烏雲，收起了玩笑，一本正經的安慰起他們來：

「放心，螭吻的日子也不怎麼好過。龍王常年不見蹤影，是嘲風大人替他管理著整個龍宮城，每天都忙死了。最近她的狀況不怎麼樣，脾氣本來就很糟糕了，現在更加喜怒無常，也影響了整個龍宮城的秩序。結果，大家都變得好鬥起來，為了一點小事就動手打架，不久前，連守門的兩隻小怪物也打了一架，其中一隻小怪物還離家出走了。於是，螭吻就說服嘲風暫時離開龍宮城，讓自己放鬆一下。但嘲風大人是工作狂，又放心不下龍宮城，死也不肯休假！所以，螭吻以『必須在龍宮城幫嘲風幹活兒』作交換條件，還要每天向她報告工作情況。他過得和你們一樣慘兮兮……嘻嘻，你們有沒有覺得好過一點？」

「居然還有人能夠制服蝸吻，稀奇，稀奇。」柳真真笑嘻嘻的說。

「不過……你不是說，嘲風是來放鬆的嗎？她難道要窩在蝸吻先生家裡，把玩一堆瓶瓶罐罐來度假？」知宵看著手裡的燒杯、試管，不解的問。

「嘲風說，自己早把世界看膩了，實際上這只是她不想出門的藉口。她唯一的愛好就是研究藥物，配製些奇怪的飲料什麼的。」

「對了！我的毛筆吸了一瓶橙色液體，那應該是飲料吧？不知道有沒有問題。」柳真真說，「昨天還是我第一次看它發揮魔力，之後不管我怎麼做，都沒辦法再把藤蔓變出來。外婆和媽媽都說，我得自己想辦法和毛筆交流。但我覺得，她們只是在敷衍我，明明是她們倆都沒辦法讓毛筆聽話，這枝毛筆才會被扔在倉庫裡發霉……偏偏我對好多法術都不理解，唉！要是嘲風能夠為我指點迷津就好了。」

柳真真故意誇張的歎了一口氣。

知宵說：「不要難過，可能不是你的問題，說不定，這枝毛筆昨天就被那瓶奇怪的液體毒死了。」

「閉上你的烏鴉嘴。」柳真真嚷嚷道。

太陽升起來了，嘲風伸手擋在眼前，一臉不高興，抱怨陽光太刺眼。等知宵和柳真真忙完手頭的工作後，嘲風把兩人叫到實驗室裡，給了他們一粒指尖大小的種子，吩咐他們把種子種在花園的牆角。

兩人來到花園，知宵挖坑埋種子時，柳真真突然說：「你不覺得嘲風和某個人很像嗎？」

「沈碧波！他們都喜歡研製些奇怪的藥物。」

沈碧波是知宵的同班同學，雖然也是人類，卻是羽佑鄉姑獲鳥首領的養子，有這麼特殊的身分，難怪他冷漠又驕傲。知宵和沈碧波同學快五年了，幾乎沒什麼互動，直到幾個月前一起經歷過羽佑鄉的混亂後，他們總算成了朋友。不過，沈碧波的大少爺脾氣動不動就會發作，知宵還是比較喜歡和柳真真一起玩。

他們剛把種子種下，腳下的土地就突然抖了一下，種子竟然發芽了！土裡冒出兩片嫩綠的葉子，它們慢慢舒展、長大，顏色變深，莖越來越粗、越來越長。兩分鐘之後，這株植物就長得和旁邊的桂花樹一般高，像爬牆虎一樣攀附在牆壁上。

知宵和柳真真好奇的觀察著它迅速成長，完全沒注意到有兩根藤蔓像蛇一樣悄悄的靠近他們，然後纏住他們的腳踝，把他們倒吊著拉進了藤蔓叢裡。知宵拚命掙扎，卻被纏得更緊，即使他拚盡全力使出冰凍招數，也對這些植物沒有起作用。柳真真也拚命掙扎，察覺到一切都是徒勞之後，她開始大叫嘲風的名字。過了很久，嘲風才緩緩來到花園，撇撇嘴說：「人類的孩子態度真差，事情做不好還要我來幫忙。」

知宵和柳真真趕緊道歉，說了無數句好話，最後總算從藤蔓裡脫身。現在，螭吻亮閃閃的豪華別墅已經被藤蔓包圍，只有窗戶露了出來，反射著少許陽光。

知宵和柳真真隨著嘲風走進屋子，裡面黑漆漆的，像夜晚一樣。但嘲風對此非常滿意。

「我向來住在海底，不喜歡太刺眼、太明亮的陽光，現在這樣好極了。」嘲風瞄了瞄狼狽的知宵和柳真真，說道，「你們倆真的很笨啊！這點小事都做不好，不愧是我那個廢物弟弟的弟子。」

「我確實笨手笨腳，嘲風大人，請您一定要指導我，我一定會努力修行的！」柳真真說。

當然，嘲風又一口回絕了。

這時，敲門聲響起，門外站著住在附近的小狐狸樂滋滋，他看到螭吻家突然冒出來的藤蔓，想上門看看發生了什麼事。得到了嘲風的允許，這隻頑皮的小狐狸竟然爬到藤蔓上玩耍起來，看起來嘲風對妖族後輩要寬容得多，說不定她不是不喜歡小孩子，只是不喜歡人類。

「喂！你們倆，沒看到屋裡飄進來許多樹葉嗎？我最受不了髒亂，趕緊開始打掃屋子！」

兩個小夥伴帶著一身的傷痛開始打掃起來。知宵一個勁兒的抱怨嘲風，沒想到柳真真說：「難道你沒看出來嗎？嘲風對我們很有好感，她說不喜歡小孩子，卻讓我們待在她身邊，這不就是給我們機會，讓我們跟著她學習嗎？說不定現在的辛苦都是考驗喲！之前我想拜螭吻為師時，也花了不少工夫啊！他們倆畢竟是龍王的孩子嘛！高傲一點也沒什麼，我有經驗。」

「這不過是你在自我安慰。我覺得，你有時候真的樂觀過頭了。」

好不容易打掃完畢，嘲風把知宵叫進書房裡，讓他看看窗外，知宵望見花園裡有一團枯黃的葉子。

「你剛才用妖力把它們凍死了，當時你渾身散發著不友善的妖氣。不知道你注意到沒有，那一縷白髮。」

知宵抬起頭，看到嘲風的頭髮依然黑亮，哪有什麼白髮。

「是你的白髮。你和柳真真剛脫離藤蔓的時候，你的後腦勺出現了一縷白髮。雪妖的頭髮都是白色的，小朋友，你和雪妖有什麼關係？」

知宵不由得摸了摸後腦勺的頭髮，心裡湧起強烈的不安。他告訴嘲風自己的曾祖母是雪妖，又把爸爸開設妖怪客棧的大概情況也跟嘲風說了。甚至，他還把自己不太能控制妖力的情況也告訴嘲風——幾個星期前，他和班上的「小霸王」鬧得不愉快，還不小心凍傷了他。

嘲風聽罷，說道：「如果我沒猜錯，你正在慢慢變成妖怪。」

「這怎麼可能？我只有八分之一的雪妖血統！」

「妖怪的血統可是非常強大的！你的妖力覺醒得越多，你的力量也會越強大，說不定能讓一大片湖水在夏天結冰。不過，如果你沒辦法控制它，它就會控制你。最後，你的身體如果承受不住自己的力量，你就會衰竭而死，我看過不少這樣的例子。準確的說，你根本活不到變成妖怪的時候，所以，不用擔心。」

「啊？天哪！螭吻先生從來沒告訴過我這些！」

「他一定不想讓你絕望。可是我不一樣，我最喜歡看別人難過。」

「您說的都是真的嗎？」知宵半信半疑的問。

「誰知道呢？有時候我也會說謊。根據妖怪法則第四十二條，偶而說謊有利身心健康。」

知宵直勾勾的望著嘲風的眼睛，沒辦法確定她所說的話是真是假。

嘲風也望著知宵的眼睛，半晌才說：「看來早就有人發現你的妖力太強，採取了必要的措施啊！你的眼睛裡寫滿了咒語，它封印了你的力量。不過，你現在正慢慢打破這個封印。我猜在這封印出現之前，你一定造成過不少破壞。等封印完全失效，你又會變成破壞王喲！雪妖啊雪妖，他們全都擁有了不起的力量，卻沒辦法完全掌控，也不明白自己背負力量就應該承擔責任，老喜歡胡作非為，過去為了讓他們安分點，我可費了不少工夫。好了，你可以出去了，今天下午沒什麼事，你和那個小朋友可以回家去啦！難得的假期，玩得開心點。」

知宵半天都沒挪動腳步，嘲風所說的一字一句都在他的腦子回響。他還想到，以前無意中照鏡子時，老感覺眼睛裡有東西，原來那不是錯覺。嘲風見他不動彈，隨手掀起一陣風打開書房門，把知宵捲到樓下，輕輕的把他放在地板上。

柳真真注意到知宵的神色不正常，再三詢問他發生了什麼事情，知宵這才回過神來，把嘲風的話告訴柳真真。

柳真真說道：「不要擔心，我猜她所說的都是謊話，你不會死的，明白嗎？」知宵沒有吭聲。就算嘲風說的都是假話，那眼睛裡的封印又代表著什麼呢？是不是爸爸留下的？可惜知宵的爸爸意外去世，他只能向媽媽打聽情況。

知宵想趕緊回家去問問媽媽，可是他和柳真真剛邁出螭吻家的大門，便看到兩位穿著黑色禮服的紳士——一個梳著中分頭，一個剃了平頭。知宵和柳真真看到他們那尖嘴猴腮的滑稽模樣，就知道他們應該是不怎麼擅長變成人形的妖怪。他們倆緊張的站在門口，似乎正準備按門鈴，看到兩個孩子，不自然的笑了笑。剃著平頭的先生說：「不好意思，我們想找嘲風大人。」

柳真真和知宵把客人來訪的消息告訴嘲風，沒想到嘲風火冒三丈，嚷嚷道：

「我本來想待在這兒好好休息，沒想到這些傢伙還是找上門來了。你們倆是不是不聽話，把我在這裡的消息洩漏出去了？」

「沒有，我沒告訴任何人。」知宵嚇得直打哆嗦。

「我也是，我以我的毛筆發誓。」柳真真舉起了自己的毛筆。

嘲風哼了一聲，又說道：「如果不是你們，還有誰？茶來可不敢不聽我的話！」她揮了揮袖子，書桌上的書啊、筆啊、檯燈啊、奇怪的雕塑啊……統統落在地上，書房裡的氣氛也跟著緊張起來。

還好嘲風很快就平靜下來，她又說：「算了，料你們也不可能認識這些傢伙。有些笨傢伙下定決心後，還是能辦成一些事情的。沒辦法，誰讓我嘲風名聲在外呢！」

嘲風毫不客氣的自誇著。知宵和柳真真面面相覷，他們同時想到了自戀的螭吻——果然是親姊弟啊！嘲風不情不願的來到樓下，接見兩位來訪者。他們倆都是蟲雕，中分頭先生自稱白七，平頭先生是他的弟弟白九。

「水橫舟大人讓我們到這兒來照顧您的生活。我是廚師，我弟弟能當我的助手，順便做家務，我們倆都是專業的。」白七先生的聲音因為激動而有些發抖，「能為您服務，我們非常榮幸！」

「那個孩子真是不懂事啊！」嘲風歎了一口氣，「螭吻一直勸我試著過簡單一點的生活，我也準備嘗試一下，小水她偏偏把你們送過來！不過，既然來了，就拿出你們的真本事，好好做飯，我的嘴巴可是很挑的喲！」

兩位白先生像小學生一樣乖乖點頭，然後就奔向廚房。嘲風自言自語道：「兩個廚子和兩個跟班，這應該算是普通生活的標準配備吧？你們先回去吧！晚上有興趣的話，可以到這兒來吃飯，順便幫我檢驗一下那兩位廚子的菜到底做得如何。」

「您的排場真大。」柳真真忍不住說道。

「哪裡。我有自己的規則，我討厭違反規則的人，那會讓我覺得世界亂了套。」

「還有，您對待兩位白先生的態度很差，對我們還有茶來的態度也是，完全把我們當成低您一等的僕人嘛！螭吻先生雖然也有大妖怪的架子，但他不會看輕我們！」柳真真又說。

知宵心想不妙，依嘲風的脾氣，一定會火冒三丈，掀起一陣龍捲風把他們倆捲到空中，讓他們摔得粉身碎骨。可是嘲風只是笑了笑，說道：「這也是我和螭吻不一樣的地方啊！你已經不是第一個對我說這些話的人，或許我可以把它寫進日程表，有機會試著改一改。」

知宵鬆了一口氣，和柳真真一起離開螭吻家，來到花園裡。柳真真告訴知宵，她剛剛也非常害怕。

「我剛剛心裡突然湧起一股無名火，真奇怪？應該是嘲風的情緒影響了我。」柳真真說。

「真真，你不用為自己找這樣的藉口吧？」知宵說。

「茶來也說了，嘲風的壞心情影響了龍宮城，所以螭吻才一定要讓她離開那兒。她的脾氣影響到我也很正常。難道你沒覺得自己受到影響嗎？」

知宵搖搖頭。他對於妖氣的感知，一向都有些遲鈍。有時候知宵和柳真真一起出門，柳真真總能嗅出幾隻化為人形的妖怪，而知宵一個都辨認不出來。

兩個小夥伴一起穿過螭吻仲介公司回到妖怪客棧，螭吻家被藤蔓覆蓋一事居然已經在客棧裡傳開了。大家紛紛詢問起那個神祕女客人的身分，知宵和柳真真一個字也沒透露。

到了晚上，他們倆都到嘲風那兒吃飯。白七和白九的廚藝實在好極了，但嘲風還是挑出了一大堆毛病，她果真不好伺候。晚餐結束時，又有客人上門了。那是一個高個子女人，穿著銀白色襯衫和誇張的紫色喇叭褲，嘴唇看起來像中了毒一樣，更怪異的是，她居然還戴著墨鏡。看來這個人大有來頭！

「天哪，你那是什麼奇怪的裝扮！」嘲風叫道。

「嗯？很難看嗎？這是我按照人類的服裝雜誌圖片變出來的衣服，聽說很時尚呢！」

高個子女人取下了墨鏡，目光卻異常柔和、親切。她看了看知宵和柳真真，笑著說：「你們倆是螭吻的弟子嗎？如果我沒記錯，你們是李知宵和柳真真吧！你們好，我的名字叫水橫舟，是嘲風大人的弟子以及祕書。」

「不用費心和人類小孩子打招呼，在你和他們熟悉起來之前，他們早就先老死了。」嘲風幽幽的說，「快說說龍宮城最近怎樣，螭吻有沒有認真工作？」

「螭吻大人這次出乎意料的努力工作呢！甚至願意犧牲自己的睡眠時間……」

這對師徒開始沒完沒了的談論起龍宮城的事情來，知宵大概明白了，因為螭吻的緣故，最近龍宮城的居民情緒都安穩下來了。螭吻讓水橫舟來人類世界裡幫助嘲風，因為嘲風事事都依賴這位能幹的弟子。

既然有了祕書、廚師和清潔工，知宵和柳真真按理說可以恢復自由了，可是離開之前，嘲風還是再三叮囑他們，明天要準時來幹活兒。

今天晚上，又是山羊妖曲江負責送柳真真和知宵回家。

「為什麼這幾天都看不到柯立呢？他出差去了嗎？」路上，知宵問曲江。

知宵覺得奇怪。柯立是妖怪客棧裡唯一同時擁有汽車和駕照的妖怪，通常都由他接送知宵。

「哎呀！小老闆，我這才想起來！忘了告訴你，柯立和他的三個姪子都失蹤了！」曲江說。

「不會吧？」知宵失聲叫了起來。

曲江搖搖頭說：「柯立明明有正經工作，也沒請假，二話不說就帶著三個姪子一起不見了，只留了一封信。他們要是沒有遇上麻煩，我就吃掉我的鬍子！」曲江從懷裡掏出一封信遞給知宵，說，「這是他留給你的，本來我昨天就該交給你了。」

信上的字跡很潦草，可能是匆匆忙忙寫成的。柯立在信中說，他和三個姪子因為一些私事，可能得暫時離開金月樓一段時間。不過，「一段時間」到底有多久，柯立也不確定，他甚至說，有可能等到他回來時，知宵已經長大成人了。

「聽起來不太妙，但是，柯立都說了這是他們的私事，曲江，你就不要想太多啦！」柳真真說。

「不對，蟎吻大人的神祕客人出現的那天晚上，他們恰好消失了。我覺得，說不定是那位客人把他們綁架了。」

「綁架他們幹麼？柯立脾氣好又善良，應該沒什麼仇人。」知宵說。

曲江摸了摸自己的鬍子，又說：「我會查出其中的關聯。」

知宵沒再說什麼，他知道曲江最近沉迷於推理小說，想試著當一回偵探。說不定在曲江的推理中，嘲風變成一個十惡不赦的大壞蛋，滿肚子的陰謀詭計。知宵差點忍不住把客人的真實身分說出來。

知宵回到家，媽媽還在客廳看電視。知宵猶豫了一會兒，終於還是問起自己眼睛裡有符咒封印一事。

「沒錯，這是你爸爸留下的。你剛出生時就像一小團冰塊，還把我的手臂給凍傷了。你太小了，根本不明白自己面臨的狀況，我們都擔心你把自己凍死。後來，你爸爸決定先把你的妖力封印起來，等到合適的時候再解開封印。一直以來，我都覺得你的體質更接近妖怪，而不是人類，所以不太想讓你和妖怪走得太近。」

「媽媽，你的手臂經常疼痛，是不是因為那時我把你凍傷了？」知宵問。

「可能吧！還有很多其他原因。」媽媽笑了笑，伸手攬過知宵的肩膀說，「不過，那也讓我明白，你和其他孩子不一樣。」

知宵垂下腦袋，一句話也沒說。他慢慢相信嘲風說的都是實話，擔心某一天自己又會傷害到身邊的人。媽媽一直以來都不喜歡妖怪，會不會正是因為自己的緣故呢？她一定因為自己凍傷她生過氣吧？可惜爸爸不在，柯立也不見了，螭吻更是不知何時能回來，知宵不知道該找誰幫忙，只好盡可能依靠自己控制住體內的妖力。

第四章

妖怪客棧大整頓

第二天一大早，知宵、柳真真像昨天一樣來到妖怪客棧，逕直上樓梯來到螭吻仲介公司的辦公室，正準備穿過側門前往螭吻家時，發現嘲風坐在辦公桌後面低頭看資料。嘲風頭也沒抬，讓知宵把金月樓裡的房客都召集起來。妖怪們大多喜歡白天睡覺、晚上活動，知宵花了不少工夫才把他們叫醒，讓大家在大廳裡集合。

很快的，嘲風就從辦公室裡出來，本來還鬧哄哄的房客一看到眼前這位神祕的客人，都安靜了下來。

「本來我想安安靜靜休息一段時間，無奈大家都對我的身分相當好奇，所以我乾脆把一切告訴大家。金月樓的諸位房客，我是龍王的第三個孩子，螭吻的三姊，嘲風。」

知宵、柳真和茶來都驚訝的張大嘴巴——嘲風不是不准他們透露她的身分嗎？

妖怪們驚得目瞪口呆，大廳裡頓時鴉雀無聲。他們很快就把身體縮成一團，襯托得嘲風特別高大、英氣逼人，這讓她滿意極了。

「我只是想提醒大家一件事，不許把前幾天我喝醉酒的事傳出去。龍宮城的監獄還有不少空房間，你們懂我的意思吧？」嘲風非常平靜的威脅道。

大家都使勁點頭，小麻雀白若一定太緊張，不小心就現出了原形。

「如今我住在螭吻家裡，同時也會承擔起螭吻的工作，所以，現在我是金月樓的保護者，你們都得聽從我的差遣，明白嗎？」

知宵和柳真真不禁倒抽一口冷氣。

「聽說，不久前你們在姑獲鳥的混戰中表現優異。很好，請以同樣的熱情投入在工作上，努力賺錢養活自己，還清你們欠下的巨額房租。如果你們只是飽食終日，無所用心，我可不會庇護你們，我還會說服螭吻讓你們自生自滅。現在，限你們一個星期內必須找到工作，無論是洗盤子、掃大街還是當老闆，總之，必須工作，必須要有收入！不然，我就會把你們趕出金月樓。大家聽懂了嗎？」

嘲風的話終於在沉默的房客中激起波瀾，大家開始交頭接耳。

曲江小聲對知宵說：「原來如此，我可算是明白了，柯立這個鼠妖一定是從鼠妖雅集之類的集會中知道了神祕客人的身分，於是就逃跑了！小老闆，其實我也有些私事要處理，得離開客棧一段時間，我就不給你寫信了。」

「你們有什麼意見嗎？」嘲風厲聲問。

大家又都安靜下來，低頭沉默不語。

山妖咕嚕嚕捅了捅知宵的手臂，小聲說：「您才是妖怪客棧的老闆，這個時候應該替我們說句話呀！」

知宵當然也希望大家都出門工作，早日還清房租。但是一個星期太短了，而且要把大家趕走這種話，也太過分了。當初知宵的曾祖母章含煙建造這間客棧，就是想為無依無靠的小妖怪們提供落腳之地啊！

知宵正準備開口表達意見，就被嘲風瞪了一眼。這眼神太過淩厲，滿是「你現在也是我的跟班」的意思，知宵徹底被震懾住了。

事情就這樣定下來了，全體房客解散。嘲風還讓曲江負責提供房客的資訊，他們擅長什麼、掌握了什麼技能，以便幫助他們尋找合適的工作。嘲風再三強調，自己最討厭不工作、混吃混喝的妖怪。

「可是，螭吻先生就是這樣的啊！」柳真真說。

「所以，你們應該明白我對螭吻有多失望了吧！」嘲風說。

接下來，嘲風又把柳真真、知宵和茶來叫到辦公室，商量螭吻仲介公司的事務，看起來嘲風也準備暫時接手螭吻仲介公司的工作。

她對茶來說：「你是仲介公司的經理，可以說說螭吻仲介公司的主要工作是什麼嗎？」

「跟隨人類的腳步進入資訊時代，我們也成了資訊提供者。」茶來一本正經的說，從耳朵到尾巴都表現著對嘲風的尊重與畏懼，他可從來沒如此恭敬的面對螭吻。「我們仲介公司擁有眾多妖怪的資訊，只要不是幹壞事，如果誰需要得到相關的資訊，我們都能提供，這和人類房地產仲介的性質類似。螭吻先生只是希望能夠促進妖界人士的交流，為大家的生活提供便利。」

「很好，但螭吻仲介公司的生意好像很慘澹啊！茶來，你該不會以它為幌子招搖撞騙吧？」

「絕對沒有。」茶來豎著尾巴說。

嘲風對茶來說：「螭吻經營仲介公司是一件好事，我們高貴的龍族當然要以妖界的安寧為己任。但是，現在你們做的也就是替人掃掃院子、幫人看看孩子，實在不像話。我們應該擴大螭吻仲介公司的經營範圍。我會盡量在自己離開前，讓這兒有大轉變。放心，你們很快就會忙起來的。」

這正是大家不放心的。

「您不是來休假的嗎？」柳真真提醒道。

嘲風點點頭，說道：「這就是我的假期活動啊！我希望一切都井井有條，按照我喜歡的方向發展。若大家不知道我的身分就算了，既然大家都清楚了，我就不能袖手旁觀。我已經設計了螭吻仲介公司的宣傳文案，茶來，你趕緊把它列印出來，柳真真、知宵，你們把廣告貼在妖怪經常出沒的地方。快快快，大家都動起來！」

嘲風訓完話，甩著一頭長髮，頭也不回的到螭吻的別墅去了。知宵和柳真真等待著茶來印製宣傳單，這時，有幾位嚴肅、死板的妖怪要拜訪嘲風，都被水橫舟擋了回去。好多天不見人影的沈碧波也出現了，他提著一袋羽佑鄉特產的藥草，說是送給嘲風的禮物。沈碧波說起嘲風時一臉崇敬的表情，知宵頓時覺得整個世界都跪倒在嘲風腳下了。

「嘲風的藥草學知識特別豐富，如果我能跟著她修行就好了。」沈碧波感歎道。

「你也想拜嘲風為師嗎？」

知宵不由得看了看柳真真，心想：這兩個朋友，怎麼都喜歡讓自己沒好日子過呢？

沈碧波白了柳真真一眼，沒說什麼，直奔螭吻家的大門。柳真真摸著下巴對知宵說：「我是不是也該送嘲風一點禮物來表達我的心意呢？唉！嘲風什麼都不缺，我該送她什麼呀？」

「嘲風很喜歡工作，水橫舟姊姊是她唯一的弟子，聽說也一直被她使喚得團團轉。如果你認真工作，說不定嘲風會給你打高分。」知宵說。

柳真真認為這是一個好主意，比沈碧波送藥草高明多了。於是，她趕緊拿起抹布打掃起來，可是，不一會兒就皺起了眉頭，因為辦公室的灰塵積得太厚了。

沒過多久，空著兩手的沈碧波垂頭喪氣的出現了。他什麼也沒說就準備離開。不用猜，嘲風一定是收下了禮物，但是拒絕了他的請求。

這時，茶來也印好了所有的宣傳單，哇！數量太多了，這個暑假算是完了！柳真真靈機一動，把剛剛知宵的提議告訴沈碧波，茶來笑嘻嘻的說：「沒錯，我們正需要一個得力的助手。」

沈碧波想也沒想就同意了，還叫他的姑獲鳥管家金銀先生一起加入發傳單的行列。出發前，沈碧波和柳真真進行了一輪目光的較量，看來，他們準備比賽誰幹的活兒比較多。知宵在心裡偷偷笑了。

妖怪傳單用特殊的材料製作而成，貼上去之後就會隱沒進背景裡，除了妖怪，普通人根本看不到。茶來熟悉遍布城市的仙路，透過這些對人類隱藏的路，妖怪可以隨意來去，大家能在一瞬間來往很多遙遠的地方。他們去了有名的妖怪娛樂場所——沉默大廈，那裡向來是世界各地妖怪們聚集的地方，也是消息的集散中心。他們還去了盧浮醫院，那是一家著名的妖怪醫院，一般來說謝絕人類進入。

不久前，妖怪客棧的房客——鳥妖高飛，曾經拜託知宵到這兒來探望他的妹妹高翩翩。高翩翩的病情好轉，已經出院了。醫院裡有兩位新來的護士，她們長著雪白的頭髮和皮膚，一雙綠油油的大眼睛熠熠生輝，身上散發著森林的氣息——看來是來自森林的妖精。

柳真真不禁好奇的過去和這兩個女孩子聊起來。原來她們一個叫阿孟，一個叫阿季。

「其實我們只是暫時來這裡幫忙，我們還有個很重要的任務要完成。」阿孟對柳真真說。

「什麼任務？」柳真真問。

阿季笑了笑，說：「嘿嘿！我們也不記得了，不過沒關係，慢慢的就會想起來了。」

用這樣隨意的態度對待重要的任務，真的可以嗎？妖怪的想法還真讓人揣摩不透！柳真真和知宵互相看了看，搖了搖頭。

之後，夥伴們分散著繼續幹活兒。

知宵正把一張宣傳單貼在僻靜小道的一棵老樹身上，突然聽到樹幹裡傳來一個聲音：「快把它撕下來！誰准許你在我家門前亂貼東西？」說話的應該是住在這棵樹裡的樹精。

知宵趕緊撕下傳單，準備離開時，腳下突然竄出一隻小白狗，為了不踩到小白狗，知宵身子一偏，又一下撞在一個穿黑色襯衫的男人身上。

男人拍了拍知宵的肩膀，彎下腰來問道：「小朋友，你怎麼一個人跑到這種荒僻的地方來了？小心大野狼吃了你。」

知宵無奈的歎了一口氣，說道：「不要把我當成三歲小孩子，請用正常的語氣和我說話。」

小白狗汪汪叫個不停，甚至從地上蹦起來，看來牠非常不喜歡這個男人。知宵提高了警覺，想趕緊離開這兒去和大家會合。可是，這個男人跟在他身後，還不時和他搭話。

新聞裡報導過的兒童失蹤案一一浮現在知宵眼前，看來，只得用自己的冰凍能力給這個人降降溫了。幸好，知宵很快來到大馬路上，這裡行人很多，那個男人看起來也還正常，只是小白狗依然叫個不停。

「真奇怪？所有的小狗都喜歡我，可是牠好像就是看我不順眼。」男人摸了摸下巴的鬍渣，笑嘻嘻的說，「這很罕見，真的。」他意味深長的看了知宵一眼，兀自從知宵身邊鑽進一輛小汽車，還做出讓知宵上車的手勢。

這個男人必定有古怪，要和他保持距離。雖然這樣想著，知宵還是跟著那個男人上了車。

第五章

被拐走的知宵

當那個男人打開收音機播放動感音樂時，知宵打了一個冷顫，突然清醒過來，這才明白自己正處於非常危險的境地中。他叫那個男人停車，男人卻一個勁兒的隨著音樂哼著歌，還要知宵放輕鬆。怎麼可能放鬆得下來？知宵暗暗咬牙，準備出手。

知宵把雙手握在一起，感覺到拳頭越來越冷。他現在很緊張，更加控制不了自己的力量，說不定會不小心把司機凍成雪人。知宵用眼角的餘光瞟了瞟開車的男人，他依然沉浸在音樂裡，知宵伸出左手悄悄靠近他。

這時，那個男人猛的轉過頭來，大聲呵斥道：「把手收回去！」

知宵的臉猛的漲紅，尷尬的放下手。

「沒關係。」男人的語氣變得溫和起來，「我只是討厭別人碰我。都跟你說了不要緊張，我又不是什麼壞人。好了，我送你回去。你家住哪裡？」

知宵告訴他的是妖怪客棧的地址。

不一會兒，男人真的開車來到妖怪客棧門外。為了防止被人類發現，妖怪客棧看起來只是一棟古舊的灰磚大樓，很不好看，又被幾棵梧桐樹圍繞，非常不起眼。不過，在妖怪的眼裡，妖怪客棧卻是另外一番輝煌的面貌。那男人顯然對這棟樓很有興趣，還盯著客棧大門上方寫著「金月樓」三個大字的牌匾看了又看。他對著妖怪客棧打量了好一會兒，才問道：「你就住在這兒？」

知宵點點頭，想趕緊下車，卻發現車門被鎖住了。

男人望著他莞爾一笑，說道：「你不覺得有些無聊嗎？我的意思是，我扮作一個善良的人，你扮作一個普通的小孩子，回到一個看起來普通的破地方。真沒勁，是不是？」

汽車再次發動，這次的速度比剛才快多了。

知宵嚇了一跳，立刻拍著車窗朝窗外的行人呼喊：「救命！救命啊！」

一隻麻雀從樹枝上飛過來，嘰嘰喳喳叫著什麼，知宵沒聽清楚，但這隻麻雀實在太胖，用腳趾頭也能想到，牠一定是白若。

「白若，快救救我！」知宵提高了聲音。

這時，開車的男人突然猛踩油門，知宵一陣驚呼，等他再看窗外，白若和金月樓都已不見蹤影。

遇到危險時要保持冷靜，知宵在心裡提醒自己。他瞟了瞟開車的男人，心裡明白他一定是妖怪，說不定還知道自己的身分。他要綁架自己嗎？有什麼目的呢？威脅螭吻嗎？還是要讓妖怪客棧的房客交贖金？

一路上，男人都沒再看知宵一眼，但他似乎完全明白知宵的想法。等紅燈時，他關掉了吵鬧的音樂，對知宵說：「放心，我不會傷害你。但是，如果你想對我做什麼，我可不敢保證自己不會誤傷你。天氣這麼熱，一個小孩子跑到荒郊野外發傳單，多可憐！我只是讓你脫離苦海，所以才帶你兜風罷了。你爸爸一定也會這樣做吧！」

男人終於轉過頭來看了看知宵，還對他笑了笑。

「你又不是我爸爸，我不認識你，你為什麼要帶我兜風？」知宵說。

「我也不知道，一時興起吧！」男人說。

汽車再次開動了，音樂聲又淹沒了車中的兩人。知宵一個勁兒往窗外張望，看看有沒有妖怪房客們找過來。

幾個月前尋找失蹤的房客高飛時，妖怪客棧的常住房客八千萬幫了大忙。

八千萬是一隻蜘蛛精，能放出無形的蜘蛛絲探查附近的情況。知宵想，不知道他有沒有在幫忙尋找自己？

知宵始終沒有發現來尋找他的妖怪房客，而那個男人果真遵守約定，把知宵送回了妖怪客棧。

白若一頭撞過來，胖臉擠在車窗上。

知宵打開車門，白若幾乎飛到了他的臉上，還嚷嚷道：「小老闆，你沒事吧？有沒有被打？有沒有被罵？有沒有被虐待？精神還正常嗎？四肢也還能活動吧？你還記得自己的名字和你家的地址嗎？」

沒等知宵回答，白若又對那個男人叫道：「你這個誘拐兒童的壞蛋，我和你拚了！」

「小朋友，下次再一起出門玩啊！」男人不理會小麻雀的嘶叫，朝知宵揮揮手，開著汽車揚長而去。

白若跟著汽車飛了十來公尺，可是他太胖了，沒追多久就飛了回來，嘴裡還叼著一粒葡萄補充體力。白若嚥下這口美味，說：「小老闆，你不要誤會，這可不是偷的，是我工作賺來的。嘲風大人不是讓我們一個星期內找到工作嗎？我找到了，現在在賣水果呢！」

知宵點點頭，心裡卻想：這粒葡萄多半還是他順嘴叼來的。這時，又有一位長著馬臉的高瘦男人走過來，像一具穿著黑衣服的木乃伊。這就是蜘蛛精八千萬。他板著臉，一把抓住知宵的衣服將他往妖怪客棧裡拖，像個囉唆的老婆婆似的，一路指責知宵除了讓人擔心外，什麼也不會。不知為什麼，聽他絮絮叨叨說個不停，知宵心裡還是有些感動。

柳真真、茶來和沈碧波都回到妖怪客棧了，他們接替八千萬又把知宵罵了個狗血淋頭。沈碧波甚至掏出了他研製的奇怪噴霧，對著知宵說是要給他一點教訓，幸好知宵眼明手快躲開了。跟在他身邊的咕嚕嚕身上還纏著嘲風的頭髮，閃躲不及，正好被噴中，馬上開始不停的打噴嚏。

等到他們都說得口乾舌燥，知宵才找到機會說話：「喂，差點被拐走的人可是我，我是受害者！你們也太過分了，不安慰我就算了，至少聽聽我遇到了怎樣的狀況呀！」

「被拐走的人當然可憐，但同時也是笨蛋。」柳真真說。

知宵沒回答柳真真，因為如果他回一句，柳真真一定會準備十句話反擊他。他只是把自己的經歷告訴大家，最後得出自己的結論。

「那位叔叔雖然很奇怪，但是應該不是什麼壞人。」知宵說。他甚至覺得那個人挺親切，不過，這一點就沒必要告訴大家了。

「知宵啊知宵，你真是讓人擔心。」白若手裡又多了一塊哈密瓜，「擁有能夠影響別人思維的能力，又不肯透露自己的身分，他絕對不簡單。他找你的目的絕對不僅僅是兜風！哈哈，這還真是個神祕的對手呢！我完全嗅不出他身上的妖氣，但他絕對不是人類。」

知宵被拐的事情告一段落，柳真真又說起她的經歷來：「說來奇怪，我在貼傳單的時候看到牆角的石頭，忽然想起一樁傷心往事，忍不住大哭了一場。」

茶來正想嘲笑柳真真，想了一下，也說：「其實我在貼傳單的時候，心裡也莫名覺得很難過。」

大家正在詫異，卻見沈碧波也默默的點點頭，想來也是遇到了傷心事。大家開始覺得事情很蹊蹺。

「說不定就是那個奇怪的男人影響了我們的情緒。」沈碧波點點頭說。

不過，如果是這樣，那個人的目的到底是什麼，誰也理不出頭緒。這時，水橫舟來到妖怪客棧，她被嘲風派來檢查大家的工作。她穿著精緻的旗袍，頭髮高高盤起，妝容有幾分奇怪，說不定又是從幾十年前的雜誌封面上學來的。水橫舟的真身是一條水蛇，她是嘲風唯一的弟子，應該很厲害，於是知宵就把剛剛遇到奇怪男人的事情跟她說了。

「他的行為確實有些詭異，反正現在我也閒著，會幫你調查一下的。」水橫舟說。

大家心裡還隱隱有些不安，但也只好先把事情放在一邊。這時，汪汪的狗叫聲傳來，一隻小白狗搖著尾巴跑進大廳裡，竟然是知宵在大樹邊看到的那隻小白狗。小白狗一眼望見了知宵，像見到老朋友一樣高興，圍繞在他的腳邊打轉，似乎是因為看到知宵平安無事而鬆了一口氣。知宵忍不住摸摸小白狗，牠更是放肆了，還和其他妖怪玩了起來。小白狗待在茶來身邊時，看起來就像茶來的寵物，茶來伸出一隻爪子，一個勁兒的拍著小白狗的腦袋。

八千萬摸著下巴說：「這小狗好奇怪，竟然不衝著我們叫。」

「牠應該衝著大家叫個不停嗎？」知宵問。

「當然，犬類的嗅覺非常靈敏，就算我們化成了人形，努力掩飾身上的妖氣，牠們也能嗅出來。我們妖怪都特別不喜歡狗，那些剛得道的小狐狸更慘，只要被狗追趕就會現出原形。不過，這隻小狗好像挺喜歡我們的。」

「牠會不會也是妖怪？」沈碧波問。

可是，誰也沒感覺出來小狗身上有妖氣。

柳真真說：「可能牠的主人是妖怪，或者經常和妖怪打交道，所以牠覺得我們很親切。」

「沒時間聊天了，知宵、真真、茶來。」水橫舟又說，「你們最好趕快去辦公室看看。電話都快被打爆了。」

他們三人連同沈碧波趕緊進了辦公室，這兒果然被電話鈴聲淹沒了，廣告貼出去不過幾個小時便有這麼多回應，知宵也開始覺得，以前的仲介公司根本沒認真幫助妖怪們。

金月樓裡沒工作的房客都被派出去執行任務，客棧裡空蕩蕩，只剩下知宵他們肚子咕咕叫的聲音，原來已經到了晚飯時間。嘲風讓他們和她一起吃飯。知宵忍不住想：今天白七先生準備了什麼好吃的呢？

小白狗一直趴在知宵的腳邊，見大家忙得團團轉，牠不叫也不鬧。突然，小白狗猛的蹦起來，衝著通往螭吻家的那扇門狂吠。

難道那位奇怪的叔叔來了？知宵不由得緊張起來。

然而，大門打開，一陣風似的衝進來的是嘲風。小白狗衝著嘲風叫個不停，這裡沒有誰膽敢這麼做。

「勇敢的小狗，牠會死得很慘吧！」茶來感歎道。

嘲風瞄了小白狗一眼，滿臉嫌棄的神情，要不是知宵和柳真真拉著她，說不定她會一腳把小白狗踹飛。

「你們是閒得發慌嗎？竟然在我的辦公室裡養起寵物來了！明天不要讓我再看到牠！」嘲風一臉不高興的說。

小白狗依然叫個不停，嘲風把牠拎起來，又說了一些威脅、恐嚇的話。然後，她放下小白狗，拿起辦公桌上那個綠色電話的話筒，開始撥號。這個電話能夠聯絡妖界，自從嘲風來了之後，它變成了龍宮專線，因為她每天至少要打十幾通電話，詢問螭吻和龍宮城的情況。撥電話的時候，她眼角的餘光又瞅到了沈碧波，便搖頭說道：「小朋友，我說過不可能收你當弟子，你還是趕緊死心吧！」

電話接通了，嘲風一邊聽電話一邊按著自動鉛筆，看得出來，她一肚子火氣。

知宵小聲問茶來：「誰惹她生氣了嗎？」

「小狗、假期、我們，還有她自己。」茶來說。

「錯了，嘲風才不會是那種會生自己氣的妖怪。她永遠對自己最滿意。」柳真真道。

「當然會，只是你們小孩子不懂。」茶來又道，「與其說龍宮城的繁雜工作讓她感覺疲憊，讓她的壞脾氣控制了她，倒不如說是她對自己感覺到疲憊。哈！」

這隻貓動了動鬍鬚，接著說，「沒想到我也能說出這種深刻的話呀！」

「什麼？他竟然逃跑了！」嘲風突然大叫起來，嚇得大家趕緊後退，連小白狗也安靜了下來。

第六章

罷工的螭吻

茶來縮到沈碧波身後，他以為嘲風是聽到了自己剛剛對她的議論，此刻渾身的毛都豎起來了。

不過，嘲風的注意力依然在電話上，她繼續說：「你們到底怎麼回事？被他灌了迷魂湯嗎？他沒威脅也沒恐嚇你們，你們竟然就這樣讓他走了？我離開之前交代你們的事情，你們都當成了耳邊風嗎？通知銀沙和桃蹊，讓他們馬上把他找回來！」

發現目標不是自己，茶來甩了甩尾巴，鬆了一口氣。

嘲風「啪」的一聲掛掉電話，摔下手中的筆。誰都不敢說話，怕觸怒她，大家動也不敢動，甚至屏住了呼吸。不過，嘲風突然想到，當著人類小孩子的面發火有損自己的形象，於是深吸一口氣讓自己平靜下來，再撿起掉落的筆，對大家說：「今天的工作結束，你們快去吃飯吧！」

知宵、柳真真和沈碧波，還有那隻小白狗，都恨不得離她遠遠的，一聽這話，風一般跑了。茶來留了下來，因為只有他知道，桃蹊和銀沙分別是嘲風手下蠱雕和天狗們的首領，要動用他們去尋找的對象，絕對不簡單。

「如果您不介意，可以告訴我到底發生了什麼事嗎？」茶來問。

「你那個不稱職的老闆、我的笨弟弟，他從龍宮城跑了！」嘲風說，「雖然我早就想到他可能堅持不了多久，但現在才過了三天，時間也太短了吧！說好要幫我照看龍宮城的一切事務，活了一千多年，他還是沒學會遵守諾言！我對他的容忍已經達到極限了，這次就算把世界翻個底朝天，我也要把他找出來，給他點顏色瞧瞧！」

「這些話您已經說過幾百次了。」茶來在心裡嘀咕，不過他嘴上沒說什麼，咕咕叫的肚子促使他走向蝸吻家的餐廳，加入知宵和柳真真狼吞虎嚥的隊伍裡。沈碧波慢條斯理的吃著食物，還不時不滿的看看自己的朋友，他的行為都被白氏兄弟看在眼裡。白七認為沈碧波的行為是對食物的尊重，白九則堅持說，這是沈碧波討厭白七做的菜的表現，兩兄弟為了這件小事差點打起來。

吃過晚餐之後，小夥伴們準備回家，經過蝸吻仲介公司的辦公室時，發現嘲風還在那裡，水橫舟也在。水橫舟依然盤著頭髮，不過換上了黑色的緊身衣，看起來像準備在夜間行竊的大盜。她的腳邊放著兩個巨大的行李箱。水橫舟告訴大家，假期提前結束，她們倆準備回龍宮城去了。

知宵、柳真真和茶來互相看了看，三人心裡都鬆了一口氣，好過的日子總算要回來了。只有沈碧波一臉沮喪，他可不像柳真真，他是非常認真的想要拜師。

「不對，是我要回龍宮城去。你就利用這個機會好好休假，這些年來辛苦你了。」嘲風對水橫舟說，「對了，我的魔藥實驗才進行到一半，不能中斷，你幫我留意實驗室的情況，別搞砸了。」

嘲風望著桌上的水杯，伸出左手一掀，不知從哪兒湧來一陣風吹起她的頭髮，接著，她的身體就和風一起憑空消失了。

柳真真、知宵和沈碧波四下張望，尋找嘲風的身影，這時茶來說：「你們找不到她啦！說不定，她此時已經到達龍宮城的大門口了。」

「瞬間轉移嗎？從這兒直接到海底？」柳真真問。

茶來點點頭，又說：「像嘲風那樣的大人物，只要透過任何地方的水，即使是茶杯裡的水，也能瞬間抵達海底龍宮城。一切都結束了，萬歲！我要去找朋友喝喝小酒，抱怨抱怨嘲風！」

「茶來，小心我把你說的話告訴師父。」水橫舟笑了起來，臉頰上露出兩個淺淺的梨渦，很漂亮。

「你才不會！我們不是早就達成協議，你對我說嘲風的壞話，我對你說螭吻的壞話，不讓第三者知道嗎？」

突然，又是一陣風湧來，嘲風憑空出現，看起來更加氣急敗壞的她對水橫舟說：「小水，我的護照呢？」

「您不是一直帶在身邊嗎？」

嘲風慌了，誇張的翻找著自己的口袋，結果只掉出幾枚硬幣。她又風風火火的離開辦公室，在螭吻的別墅裡四下尋找，不過，看樣子護照把自己藏得很好。

龍宮城是一個非常封閉的地方，護照就是進出的憑證。除非是得到龍族的認可，不然的話，守門的兩隻小怪物不會放任何人或是妖怪進去，即使是嘲風也不行。這都是嘲風自己立下的規矩，她不想讓自己擁有特殊待遇。螭吻和嘲風是姊弟，地位一樣，不過，因為螭吻暫時管理龍宮城，守門的小怪物會優先聽從他的命令。而螭吻再三叮囑過，不能讓嘲風或是任何自稱是嘲風的妖怪進龍宮城。

當然，嘲風可以打暈守門的小怪物，毀掉城牆，或是打破龍宮城的護城結界，硬闖進去。可是，若非逼不得已，她可不願意打破自己定下的規矩，更不想損害龍宮城的城牆和結界。於是，沒有護照的嘲風被拒於門外。毫無疑問，螭吻拿走了嘲風的護照，他也是看準了嘲風的性格。「螭吻大人也是希望您能好好享受假期吧！不如您先留下來，等找到螭吻再說。」水橫舟提議道，「龍宮城最近都非常安寧，沒什麼需要擔心的。」

雖然千般不情願、萬般不放心，嘲風也只好答應了。

知宵、柳真真和茶來的心又變得沉重起來，他們耷拉著腦袋離開辦公室，還沒走出妖怪客棧的大門呢，山羊妖曲江就攔住了知宵，他戴著老花鏡，拿著資料夾，說自己有一個專門為知宵安排的特訓課程。

「小老闆，」曲江清了清嗓子說，他的語氣像往常一樣，聽起來像在唱歌，「之前我一直希望你能盡快成長，像你爸爸一樣厲害。後來螭吻大人收你為弟子，我也就稍微放心了。可是，現在看起來，螭吻大人玩失蹤，嘲風大人又喜怒無常，還是我親自給你上課比較穩妥。當下最重要的一點是，你得學會在人群裡分辨妖怪，知道我們的同類在哪兒……」

「好啊！好啊！沒問題。能不能明天再說？」知宵有些不耐煩，他太累了。

「李知宵！」曲江忽然提高嗓門。知宵一愣，他還是第一次見曲江發火。

「小老闆啊，」曲江又恢復唱歌般的調子，「你還沒明白事情的嚴重性。今天你沒被拐走是運氣好，萬一哪天又有什麼壞心眼的妖怪變成人類的樣子，你沒認出他來，還是輕輕鬆鬆就會被抓走！你得學會自我防範，明白嗎？最近我老是作惡夢，夢見你遇到了危險。」

「你會不會是因為看了太多推理小說，才會作惡夢呢？」知宵不客氣的爭辯道。

曲江無奈的搖搖頭，說道：「你把危險想得太遙遠，所以我才不放心！我是住在咱們金月樓裡最年長的妖怪，也算是你的老師，我有責任保證你的安全。我也明白應付嘲風大人有多麻煩，我不會占用你很多時間，這只是小小的測驗，能在不知不覺中完成。」

知宵當然知道曲江想激起他的興趣，所以也心甘情願的配合曲江，好奇的問道：「什麼樣的測驗？」

「很快你就明白啦！現在回家去吧！作個好夢。」

一直跟在知宵腳邊的小白狗把他送到門外，便趴在門口眼巴巴的望著他。牠好像把妖怪客棧當成自己家了。

知宵看了看小白狗，對朋友們說：「我該拿牠怎麼辦？」

「牠跟著你一路過來，一定很喜歡你，這也是你們倆之間的機緣。」曲江說，「不如讓牠待在客棧裡，如果牠的主人找過來，便把牠還給人家；如果牠沒有主人，就讓牠當我們客棧的寵物吧！」

「好主意，那我們得趕緊給牠起個名字。」不知從哪兒冒出來的咕嚕嚕說。

他不知何時已經擺脫了嘲風的頭髮，但是身上留下了一道又一道暗紅色的勒痕，別提有多滑稽了。

「不如叫丁零零。」和咕嚕嚕形影不離的嘩啦啦說。

「好名字！」咕嚕嚕語帶諷刺，「難道你想和小狗稱兄道弟不成？」

「連你這樣丟臉的兄弟我都不嫌棄，小白狗可比你強多了。」嘩啦啦說。

「你嫌我丟臉？」咕嚕嚕拍拍自己胖乎乎的臉，「大家都說我一臉福相，是我一直罩著你呢！你這個苦瓜臉的瘦竹竿，擠掉了我所有的好運氣，我都沒嫌棄你！」咕嚕嚕提高了聲音。

「別拿你的一身肥肉自我安慰，要是我嘲笑起你來，三天三夜也結束不了！」

他們的語氣越來越衝，隨時可能會打起來。好在曲江察覺到苗頭不對，趕緊把他們拉開了。曲江有些擔心，最近兩天，平日裡相處融洽的房客們，關係都變得有些緊張，這一切會不會和嘲風有關呢？曲江想不通嘲風會有什麼煩惱，在這隻老山羊心目中，她那樣的人物絕對不會有任何煩惱。

「反正是一隻小白狗，暫時就叫牠小白吧！」知宵說著，便對著小白狗叫「小白」，小白狗熱情的搖著尾巴，像是認可了自己的名字。這件事暫時定了下來，嘩啦啦和咕嚕嚕還站在那兒互相瞪視。

姑獲鳥管家金銀先生在門外等候，他答應開車送大家回家。不過柳真真拒絕搭便車，她想一個人走路回去。平常話特別多的柳真真今天安靜極了，似乎在思考著什麼。

知宵問道：「真真，發生了什麼事？」

柳真真舉起她的毛筆說：「唉！就是什麼也沒發生才奇怪。剛才在樹林裡，我好像隱隱感覺到它的情緒，只有一瞬間，我也不確定，但它似乎很生氣，唉！我不知道這是怎麼回事。都過了這麼久了，我也沒辦法讓這枝毛筆承認我是它的主人，說不定我永遠也做不到。反正現在天也沒黑下來，我得和這枝毛筆單獨待一會兒，再試一試，說不定能找到和它交流的方法。」她每天揹著一個小包包，一直把毛筆帶在身邊，也不嫌麻煩。

金銀先生開著汽車揚長而去，後照鏡裡柳真真的影子越來越小，最後消失了。

「她真拚命。」車裡的沈碧波突然說，「雖然外表看起來大大咧咧的，實際上她為了成為驅妖師，非常、非常努力。」

「沒錯。」知宵說。

「我也得加緊努力，不能輕易放棄。」沈碧波說。

知宵明白，沈碧波一定是決定明天繼續和大家一起幹活兒了。

第七章

蠱雕和天狗們的誤會

知宵作了一個夢。

夢裡，他和那個神祕男人一起坐車兜風。這次汽車並不是在路上行駛，而是飛到半空中，還撞上了一條藍色的、長得有些像海豚的大魚。知宵心裡有些害怕，隱約覺得自己以前好像被這條魚嚇唬過。那條魚像氣球一樣爆炸了，牠的身體裡全是水，天空慢慢變成海洋，五彩斑斕的小魚兒游進了車窗裡。

夢裡的知宵學會了在水中呼吸，他好奇的看著數不盡的魚兒，聽到那個男人對他說：「怎麼樣？和我一起出門很有意思吧？」他的聲音聽起來很像爸爸。

知宵吃了一驚，轉過頭一看，那個男人竟然變成了他的爸爸。知宵很高興，又覺得難過，明明看見爸爸就在身邊，他好像又明白其實爸爸早就拋下他和媽媽，離開了這個世界。他不禁哭了起來。

「天哪，知宵，你不會因為太想念我而難過成這樣吧？」男人開玩笑似的說，這次他變成了螭吻。知宵正疑惑自己為什麼會夢到這位龍子時，突然醒了。

一個黑影正搖晃著他的肩膀，叫著他的名字。

「知宵，李知宵，快醒醒！」真的是螭吻的聲音。

知宵揉揉眼睛坐起來，覺得有些頭疼。螭吻打開了書桌上的小檯燈。

「螭吻先生！您怎麼會在這裡？」知宵問。

「好久不見我的愛徒，當然得關心、關心你有沒有什麼長進。」螭吻說，「你讓我很失望啊！竟然會在夢裡哭。你夢到了什麼？」

「不關您的事。」知宵有些氣惱，又感覺有些丟臉，態度生硬的說。

不過，大大咧咧的螭吻並沒放在心上，他一下就躺到知宵床上，看著空蕩蕩的天花板，也不管自己壓住了知宵的左腿，幸好螭吻很輕。

知宵對螭吻說：「嘲風非常生氣，她正在四處找您。」

螭吻說：「這我都知道，我是為她好。我那個姊姊啊，恨不得每天有四十八小時供她發脾氣。她又搞不明白自己的身分，不清楚自己會對周圍的環境產生怎樣的影響。她的壞脾氣影響了大家的心情，大家動不動就打架。龍宮城裡的治安惡化，又讓她覺得是自己工作沒做好，於是變得更加拚命，心情也更加煩躁。要不是我把她拽出龍宮城，這個惡性循環永遠也沒辦法終止。她凡事都喜歡親力親為，這也是個好機會，讓她學會放手，信任他人。她派人找我嗎？嘲風真是太小看我了，如果我不主動出現，就算我待在她的眼皮子底下，她也永遠找不到我。對了，這個給你。」

螭吻掏出一張天藍色的半透明樹葉交給知宵。它又輕又薄，可是在兩次眨眼之間，知宵好像看到葉片上有什麼東西，當他集中注意力盯著樹葉看時，卻什麼也沒發現。知宵抬頭，疑惑的望著螭吻。

「收好，這就是嘲風的護照，現在交給你保管啦！沒有我的允許，你絕對不能把它交給嘲風。」螭吻說。

樹葉好像變得沉重起來，知宵不得不伸出雙手捧著它，問道：「您為什麼要把這麼重要的東西交給我保管呢？」

「我擔心自己會把它弄丟了，另外，我非常信任你。你也知道，真真不會說謊，我怕她會忍不住把護照交給嘲風。另外，」螭吻伸手拍了拍知宵的臉頰說，「在未來，或許過去也有過，你一定因為一些小事埋怨我，那時你就應該想想這護照，想想我對你的信任，讓自己平靜下來。我得走了，記得告訴嘲風，她為自己安排的假期實在太無聊，我會努力讓它變得好玩一點，讓她等著吧！」

螭吻笑了笑，化成一陣風消失了。知宵在房間裡翻箱倒櫃半天，最終決定把護照夾在大辭典裡。接著，他開始擔心家裡的鎖不夠牢靠，擔心有小偷闖進來偷走護照，又擔心有妖怪也在打這護照的主意。要不要把護照放在金月樓裡呢？可是那兒離嘲風太近，她會不會嗅到護照的氣息呢？

信任也就意味著責任，這份責任讓知宵睡不著了。他在床上翻來覆去，又想到螭吻說的話，突然感覺螭吻的話裡還有其他意思，那會是什麼呢？

但是，他並沒有花多少時間揣摩，因為三團黑影已從打開的窗戶悄無聲息的擠了進來，一瞬間就把知宵團團圍住。他們都有巨大的翅膀，臉龐也像鳥兒，額頭正中央有一隻尖角。知宵趕緊坐起來，拿枕頭擋在胸前，死死盯著這些不速之客。

為首的那位望著知宵，恭恭敬敬的說：「螭吻大人，我們無意打擾您休息，但嘲風大人吩咐了，還請您跟我們回去一趟。」他們竟然把自己認成了螭吻，知宵忍不住笑了起來，闖入者個個面面相覷。

為首的那位重複道：「請您跟我們回去。」

知宵這才說道：「你們搞錯了。我確實很想變得像螭吻那麼厲害，但我不是螭吻，只能勉強可以算是他的弟子。」

可是闖入者相當頑固的堅持自己的看法，又對知宵說：「您騙不到我們，我們嗅得出您的氣息。」

知宵想，一定是剛剛螭吻在這兒待過，讓闖入者循著氣息追了過來。他把情況解釋了一下，闖入者依然不相信，堅持要把知宵帶去見嘲風。

這些怪鳥都是蠱雕，為首的那位一定是蠱雕首領桃蹊。算起來，她還是白氏兄弟的遠房表親呢！從很久以前開始，螭吻就一直因為各種各樣的原因躲避著嘲風，天狗和蠱雕們一直在追他，但他們老是被螭吻戲耍，於是都養成了多疑的性格，只要和螭吻有關的人或東西，都要仔細檢查一遍，免得真正的螭吻逃走。

知宵才不想大半夜在家裡陪他們一起瞎起鬨，更不願意離開自己的床。

桃蹊又說：「不管您是不是螭吻大人，恕我們冒昧了，試試我們專門為您準備的禮物吧！」說著她伸手一拂，放出專門研製的、用來對付螭吻的迷香，當然，這迷香對普通人也有效。知宵的腦子一片空白，翻個白眼後就昏睡了過去。

桃蹊的一個手下抱起知宵，皺了皺眉頭，說：「不對呀！如果這是螭吻大人，應該沒這麼重。」

「說不定螭吻大人在人世待得太久，吸入了太多汙濁之氣。」另一個手下說。

「也可能他真的不是螭吻大人。」第一個手下說。

「但是，他是我們今天發現的、最像螭吻大人的人了，不是嗎？說不定他故意裝得像人類，擾亂我們的陣腳。先把他帶回去見嘲風大人！」說著，桃蹊跳上窗臺，後背伸出一對翅膀，躍進夜空中，兩個手下跟在她身後。

知宵很快就清醒了過來。快到早晨了，這時的天空比任何時候都要黑暗，他什麼也看不清楚，只感覺得到耳邊呼呼吹過的風聲。好不容易適應了黑暗，他發現自己被兩隻爪子抓住，正從高樓的屋頂飛過。知宵嚇得心臟都快跳出來，四肢在空中亂揮，那隻蠱雕頓時想捉弄他一下，稍微鬆開了爪子。知宵尖叫不止，體溫不受控制的迅速下降，最後變得像雪人一樣，一動也不動了。

抓著他的那隻蠱雕嚇了一跳，對桃蹊說：「他好像被嚇死了！」

桃蹊飛過來，用飛羽碰了碰知宵，說道：「他還活著，這應該只是他的自我保護，我們蠱雕不也是受到驚嚇時就會僵住？當然，這也可能只是螭吻大人的計謀，他故意裝作很害怕的樣子，想糊弄我們。」

知宵聽了蠱雕們的對話，感到非常無奈。可是他的身體凍住了，沒辦法活動。他對墜落的害怕，轉而被他對自己命運的擔憂所代替。他越來越像雪妖了，未來的某一天，他會不會完全變成一隻雪妖，再也不能擁有正常人類的體溫呢？此時，知宵真想見見他的曾祖母章含煙，一位真實的、大名鼎鼎的雪妖。只有見到曾祖母，知宵才能更真切的了解雪妖的生活，可惜他也不知道她到哪裡去了。

不遠處傳來淒厲的叫聲，打斷了知宵的思緒，原來是幾隻巨大的、像狗一樣的生物騰空跑過來。桃蹊和手下調轉方向逼近巨犬，妖怪們廝打起來。空氣中不僅有風聲，還有鳥叫聲和犬吠聲。一隻大狗撲向抓著知宵的蠱雕，知宵看到他頭上長著白毛，威風凜凜。接著，其他的妖怪也過來了，他們一邊打一邊吵，知宵聽出了些眉目，原來他們在爭搶知宵——不對，是爭搶「螭吻」。

「嘲風大人最信任的是我們天狗，你們這些下等的蠱雕休想搶風頭！」一隻白頭妖怪叫道。

「我們下等？你們天狗才是這世界上最下等的生物吧！癡人說夢，嘲風大人怎麼可能信任你們？」

雙方都失控了，你一言、我一語的清算起妖怪們幾百年的陳年舊帳。抓著知宵的蠱雕把他放在一棟高樓天臺的雜物堆裡，也加入了戰鬥。

知宵抓住機會準備開溜。不幸的是，一隻天狗眼明手快，攔住了他的去路。這隻天狗一頭撞向知宵，知宵躲閃不及，只得摀住眼睛，但他並沒有被撞傷，而是被天狗咬住衣服，甩到了背上。接著，這隻天狗便帶著他從天臺一躍而起，跳到旁邊大樓的屋頂上。

知宵瞄到了樓下那細長的馬路和比指甲還小的汽車，只好一個勁兒的大叫，死死摟著天狗的脖子，迎著風斷斷續續的說：「我——不是螭吻！你們——真的——搞錯了！」

風把他的聲音吹散，馱著他的天狗用一副恨鐵不成鋼的口氣回答：「螭吻大人，請愛惜您的身分，不要讓嘲風大人再為您擔心。」

「萬一他真的不是螭吻大人該怎麼辦？老大。」另一隻天狗趕上來說，「我的意思是，桃蹊狡猾極了，她會不會故意找一個假的螭吻大人騙我們？我們已經找到不少假的了呀！」

「還是那句話，寧可錯抓千萬，也不能讓真正的螭吻漏網！」天狗們的首領——也就是銀沙——堅定的說。

知宵覺得很無奈：無論是天狗還是蠱雕，雖然口口聲聲叫著「螭吻大人」，但都是把螭吻當成逃犯來對待。

蠱雕們又追了上來，為了擺脫他們，天狗們回到地面，開始在錯綜複雜的小巷子裡穿行。幸好城市還沒醒過來，不必擔心這兩種奇怪生物的追逐會引起全城恐慌，不過，偶而還是會遇到早起或晚歸的人，一臉茫然的盯著他們追逐的方向。一直到太陽升起時，他們才一起回到螭吻家，這兒現在是嘲風的住所。他們總算安靜下來，全都化成人類的模樣了。

蠱雕的首領桃蹊看起來是個二十多歲的姑娘，皮膚黝黑，身材苗條；天狗的老大銀沙化成一個三十多歲的男人，短短的鬍子和短短的頭髮看起來都很硬，似乎會扎傷人。兩人都是強大又不好惹的角色，他們分別站在知宵的兩側，抓著他的兩條胳膊，還暗暗用力，知宵的胳膊被拽得發疼，擔心自己會被他們一個不小心就扯成兩半。

嘲風正喝著茶，看了看知宵，喃喃說了聲：「這次是你。」她放下茶杯，目光轉向蟲雕和天狗們，「先是一隻小貓，後來是一個毛茸茸的玩具熊，接著還有兩個普通的人類上班族，再來是兩個什麼都不懂的小孩子，你們已經帶回來太多奇怪的『螭吻』了！」

「這次呢？」桃蹊還不知趣，討好的問。

「又錯了！」

嘲風來到知宵身邊，確定他沒有受傷，又摸了摸他的臉頰，正好是昨天螭吻碰過的地方。嘲風說道：「這不怪你們，只是你們的鼻子實在太不靈光。」

「螭吻先生在我身上留下了他的氣息，故意讓您的手下找到我，對吧？」知宵問。

嘲風一副非常感興趣的模樣，笑著說：「跟我說說，你怎麼會有這樣的想法？」

「螭吻先生不會輕易被找到，他一定不會讓自己的氣息洩漏行蹤，而且他還對我說過奇怪的話。」

知宵現在終於明白螭吻留下的第一句話的意思，未來的某個時刻，也就是現在，知宵確實埋怨螭吻太自私，把他也牽連進來。螭吻所給予的信任完全不能阻止知宵在心裡罵他好幾句。他把蝸吻拜託自己轉告嘲風的話帶到，至於這句話的意思，就由嘲風來揣摩了。

「你行的話就抓到我啊！這就是那個小子想告訴我的？」嘲風突然也來了興致，目光再次轉向自己的手下。「蝸吻可完全不把你們放在眼裡，這也是對我的輕視。你們要好好加油，下次帶回真正的蝸吻吧！」

蠱雕和天狗們悄悄退出去了。

知宵問嘲風：「您不親自把蝸吻先生揪出來嗎？」

「笑話，我才不像他那麼無聊。」嘲風說，「如果我去找他，不就正中了他的下懷？這是他的遊戲，我沒必要陪他一起玩，我不傻。」

「原來如此。」知宵說。他倒是希望嘲風傻一點，既然是假期，放鬆一下有何不可，為什麼一定要為自己找一堆活兒來幹？爸爸過世之後，知宵的媽媽為了支撐起這個家，總是加班、加班、加班，雖然住在一起，母子倆相處的時間卻很少。知宵不想一個人待在家裡，所以才常常到妖怪客棧來。

無論大人還是孩子，甚至像嘲風這樣的大妖怪，都過得這樣辛苦。為什麼大家不能放輕鬆一些生活呢？

「你太吵了！」嘲風又說。

知宵疑惑的看著她。

「你心裡的聲音我都聽到了。」嘲風笑了笑，「不過，我沒必要和一個小孩子斤斤計較，很多事情你不明白。當然你也會說，大人總是拿這個藉口搪塞小孩子，以顯示自己的優越感。螭吻總是吊兒郎當，明明在我們九個兄弟姊妹中，他才是最關心龍宮城的，可是，他偏偏常年在外面晃蕩。我讓他幫忙管理龍宮城，也是想讓他收收心呀！我可能真的被生活困住了，最近我確實有些茫然；但螭吻看起來自由自在，也不代表他活得真的灑脫。我給自己一個機會放過自己，我也想給他一個機會放下過往。」

「什麼過往？」知宵問。

嘲風又笑了，今天早晨她的心情一定不錯。她說道：「這個說來話長，和你不相干，你沒必要知道原因。哦，對了，我忘了我不喜歡小孩子，和你聊得太久了。」

「我知道原因，」知宵說，被那些蟲雕和天狗當成球一樣搶來搶去，他現在一肚子的氣，「很多事情小孩子不明白，也不需要明白。」

世界的每個角落裡都遍布著祕密，它們都罩著面紗，有時候它們會故意掀起面紗的一角，誘惑著人們去解開它們。每當這時，知宵就會因為自己是個無能為力的小孩子而氣惱。他甚至有些生嘲風的氣，為什麼要對他說一堆奇怪的話，激起他的好奇心呢？

「沒錯。」嘲風說，「真的像螭吻對我說的那樣，你和真真這兩個人類孩子，活在這個世界上的時間還不夠我喝完一壺酒。不過，你們很有意思，怪不得他時常提醒我要多多照顧你們。現在我關心的是，螭吻昨天晚上為什麼找你呢？不會只是想讓你轉達一句話給我吧？」

「不是，他還想確定我會好好活著。」知宵說。

「其他的呢？」

「祕密。」

嘲風又笑了起來，她並沒有責怪知宵態度生硬，還刻意給知宵放一天假，讓端早餐進來的白九先生送知宵回家。白九先生還從屋子裡帶出來另一個小男孩——竟然是沈碧波，他也是被誤認成螭吻的孩子之一，當然，他也順便轉達了螭吻想告訴嘲風的話：「這個小男孩很彆扭也很好玩，和姊姊你一樣，姊姊為什麼不願意收他當徒弟呢？」

當然，直到好幾天後，沈碧波才不情不願的把這句話告訴知宵和柳真真。

第八章

怪裡怪氣的青蛙

這天是週末，不用到仲介公司幹活兒，知宵還是早早起床，準備出門買早餐和作業本。等電梯時，他身邊突然冒出一個男人——穿著格子襯衫，戴著黑框眼鏡，鬍子蓬亂，不修邊幅。知宵不知道他的名字，但這個人和他住在同一棟樓裡，常常會碰到。他好像是個藝術家。

可是，今天知宵覺得這個人讓他很不舒服，他不禁轉過頭打量那個男人。兩個人的目光接觸時，知宵打了個冷顫，頓時明白這一切是怎麼回事了——原來這位叔叔是妖怪！

這還是知宵第一次認出陌生的妖怪來。雖然他沒嗅出什麼妖氣，他對自己的感覺卻很有把握。知宵頓時覺得自己和這個陌生人有了共同語言，出了電梯，他主動上前打招呼，又說道：「我雖然是人類，其實和你們也算同類。」

陌生藝術家一臉茫然，說道：「小朋友，你在玩什麼遊戲？我認識你嗎？」然後迅速逃開。知宵不太確定自己的感覺了，說不定他弄錯了。

出門後，半途中知宵被一個女生叫住，那是他同桌的同學，兩人聊了聊繁重的暑假作業；知道知宵的進度比自己還慢，女孩感到有些高興。走過一個轉角，知宵又遇到了教體育的梅老師。今天真是個適合碰見熟人的日子，他還遇到了兩個幼稚園同學、四個同班同學，還有些面熟但叫不出名字的人，他們都和知宵打招呼。

「奇怪？全世界我認識的人好像都跑出來了。」知宵覺得怪怪的。

這時，恰好迎面走來一位社區的保全叔叔，也笑瞇瞇的向知宵問好。不對，保全叔叔從來不笑，他好像根本不知道笑是怎麼回事。知宵死死盯著他的眼睛，等保全回看他時，知宵突然覺得，這位保全和那位藝術家的眼神一模一樣，根本就是同一個人——不對，是同一個妖怪。今天莫名其妙遇到了太多的熟人，會不會都是妖怪變的？他們要幹什麼？

「知宵，真巧啊！」

一個熟悉的聲音打斷了知宵的思緒，面前出現了沈碧波以及他的母親十九星。

十九星是來自羽佑鄉的姑獲鳥首領，溫柔、美麗又善良，知宵一直很喜歡她。而且，經過姑獲鳥首領爭奪大戰之後，知宵和她的感情也深厚起來。不過，知宵現在已經不確定他們倆是真還是假。

沈碧波挑了挑眉毛，說道：「怎麼？看起來你很不想見到我們？」這語氣和表情確實是沈碧波的啊！

「波波，這可不是對朋友說話的正確方式。」十九星的語氣裡飽含責備，她的目光轉向知宵，笑容綻放在臉上，又道，「知宵，你慌慌張張的，是不是遇到什麼麻煩了？」

「沒什麼。」

知宵還是有些懷疑他們的身分，趕緊離開了。可是，一從文具店裡出來之後，他又遇到了這對母子。

十九星覺得知宵一定有心事，非常不放心，所以追了過來。於是，知宵就把自己遇到的反常狀況一五一十講了出來。

十九星笑著說：「原來如此，謝謝你信任我們。對不起啦！因為我們也會變來變去的。」

十九星和沈碧波大手一甩，知宵面前倏的出現了兩個一模一樣的女人——知宵的媽媽。

知宵無奈的歎了一口氣，問道：「你們是誰？到底想幹什麼？」他盡量讓自己表現得平靜一點，盡量讓對手覺得自己不把他們放在眼裡。事實上，他已經握緊了右手，感覺到拳頭凍成了冰，他把全部的力量都集中在手中，如果對方進攻，他覺得自己應該能把他們倆凍住。不過知宵現在面臨著另一個麻煩，他的整個身體都跟著降溫了，他擔心還沒出手就先把自己凍住了，就像昨天被蠱雕抓在天空中時一樣。

「李知宵，總算找到你了！出門前不知道先打個招呼嗎？你又不是三歲小孩子了！」身後又傳來另一個媽媽的聲音，知宵扭頭瞅了一眼，差點沒哭出來。三個一模一樣的媽媽，到底哪一個才是真的？他完全認不出來！

身後的媽媽看到眼前的兩個自己，顯然也吃了一驚，但她很快的鎮定下來，氣沖沖的跑過來，把知宵一把扯到身後，指著另外兩個女人的鼻子說：「我不管你們是誰，下次再變成我的樣子，我絕對要讓你們好看！給你們三秒鐘，馬上走！」

兩個女人有些心虛，灰溜溜的離開了，看來，眼前的媽媽才是真的。真正的媽媽說：「知宵，快讓你的手下規矩點！」

「妖怪客棧裡的……是房客，不是手下。」知宵小聲辯解道。

「那個綠皮膚怪物和紅皮膚怪物，不是被你收服了當跟班嗎？」原來媽媽說的是兩隻山妖。

知宵吃了一驚，問道：「啊！你是說，剛才那兩個都是他們變的？你怎麼知道是他們？」

「一看就是！」

知宵趕緊追了過去，心裡氣得要命。他想，此時咕嚕嚕和嘩啦啦一定正在得意呢！他們倆變出一堆熟人，輕易就騙到了他，多幼稚的圈套啊！就連完全是人類的媽媽都看得穿。幾個月前，知宵打敗了他們倆，讓他們成為自己的跟班，同時也讓他們住進金月樓，但他們倆一直都不怎麼聽知宵的話，還特別喜歡偷懶。他們以前幹過不少壞事，雖然現在他們保證會棄惡從善，天知道他們是不是真的守信用。

街上的行人太多，知宵很快就不知道那兩隻山妖跑到哪裡去了，他們只要隨便換個模樣，就能把知宵甩掉。知宵站在十字路口，生氣的跺了跺腳，卻看到鼻青臉腫的咕嚕嚕和嘩啦啦從前方的小巷子裡鑽出來，慌慌張張鑽進另一條巷子，像在躲避什麼人的追趕。知宵趕緊跑過去看，他們身後並沒有什麼可疑的人物。

「又見面了，小朋友。」

突然有人在身後跟知宵打招呼，他打了個冷顫，今天他受到的驚嚇實在太多了。知宵回過頭，又叫了起來，因為他面對著一隻高達兩公尺的巨型青蛙，而旁邊的人似乎並沒有注意到。

「怎麼？我嚇到你了？」青蛙怪張開血盆大口說。

「咕嚕嚕？還是嘩啦啦？我知道是你們在搗鬼。」

「你說的是剛剛那兩隻笨蛋山妖嗎？」

青蛙怪的形狀開始改變，很快就幻化成一個穿著黑色襯衫的男人——是上次那個帶著知宵兜風的神祕男人！

「是你欺負了咕嚕嚕和嘩啦啦？」知宵問。

青蛙怪點點頭，說道：「他們倆看起來怪模怪樣的，真是討厭，我就給了他們一些教訓。」

知宵低聲抗議道：「他們是我的朋友！」

「朋友嗎？我曾經也有過一個，你的朋友好像太多了。」青蛙怪說，「或許你只是不知道該怎麼稱呼他們，才叫他們『朋友』吧？瞧，我不知道該怎麼稱呼你，也不想知道你的名字，所以就叫你小朋友。那麼，小朋友，要不要再和我一起去兜風？」

「不用了，謝謝！」

知宵轉身就走，但一種奇怪的力量控制了他，他突然覺得，去兜兜風也挺好的。和上次一樣，他一步步走進青蛙怪的小汽車，坐在副駕駛座上。汽車啟動了，音樂聲響起，知宵這才回過神來，明白自己又被控制了。

知宵問道：「你不僅控制了我的想法，上次也影響了我的朋友，對吧？」

「沒錯，這是我的優勢，不利用一下豈不是很可惜？又不用浪費口舌解釋、說明，能省去不少麻煩。老實說，比起控制你的朋友，要控制你真不容易，不過，如果你乖乖聽話，我根本不需要使用這種力量，讓你覺得我是個壞人。這一切可都得怪你。」

「你為什麼一定要帶我坐車呢？你到底有什麼目的？」知宵問。

「沒有目的。」

「不可能。」

「真的沒有目的。」青蛙怪一本正經的看著知宵，「我們要去哪兒？目的地由你決定。」

知宵只得翻個白眼，說道：「我的目的地是我家！」

青蛙怪無奈的歎了一口氣，說道：「你真無聊，等你變成大人後還得了，一定會把周圍的人悶死。」

青蛙怪還算守信用，很快的就把知宵送回了家，看來他已經知道知宵並不住在妖怪客棧裡。知宵擔心又遇到青蛙怪，不準備再出門，便打電話向茶來請假，然後開始埋頭寫作業。

寫著，寫著，書桌上突然出現了一隻小青蛙，青蛙瞅了瞅知宵的作業本，張著大嘴說：「字寫得還挺好看嘛！不過沒什麼作用，呱呱呱，哈哈……」

「你能不能離我遠一點？」一看就知道是那個神祕的青蛙怪變的，知宵不耐煩的說。

「多遠才算遠？一行的距離，還是兩行的距離？」青蛙怪跳到知宵的作業本上，踩住了兩個英文單字。

知宵氣得頭髮都快豎起來了。他瞥見書桌上有個空空的糖果罐，抓起青蛙怪就把他往裡面塞，青蛙怪不停的掙扎，嘴裡嚷嚷「不許碰我」，但知宵已經把他放了進去，蓋上了蓋子。

青蛙怪在罐子裡叫道：「手，快把手張開給我看看！」

難道青蛙怪身上有什麼噁心的東西，黏在自己的手上？他攤開手一看，什麼也沒有，青蛙怪似乎鬆了一口氣。眨眼間，青蛙怪化作空氣離開了糖果罐，變成人形坐在知宵房間的窗戶上，又過了一會兒，他就悄無聲息的消失了。

知宵一口氣還沒鬆，敲門聲又響了起來，進來的是媽媽，她看起來氣急敗壞，一本正經的對知宵說：「我們得談談。」然後她告訴知宵，雖然她不反對知宵和妖怪來往，但他最好提醒那些妖怪要注意分寸，知宵一個勁兒的點頭。知宵的媽媽向來不喜歡妖怪，有時候甚至當妖怪出現在她面前時，她都會選擇否認他們的存在。

「還有，不許把麻煩和妖怪帶回家！」媽媽撂下這句話便離開了，看來她剛剛也注意到了家中有不速之客。

不過，麻煩隨著電話又上門了。

電話那頭，山羊妖曲江劈頭蓋臉詢問知宵，是不是那個神祕的妖怪又找上了他。

「你怎麼知道？」知宵問。

「咕嚕嚕和嘩啦啦告訴我的。」曲江說，「他們看到你跟著一隻青蛙離開了，那隻青蛙打傷了他們。他沒有對你怎麼樣吧？」

知宵告訴曲江他沒什麼事，又詢問了兩隻山妖的情況，曲江要他放心。

「對了，今天我遇到很多奇怪的事情，除了那個神祕的青蛙怪，其他的是不是和你有關呢？」

電話那頭的曲江沉默了一會兒，隨即傳來唱歌般的調子：「沒錯，這就是我給你的測驗。是我讓咕嚕嚕和嘩啦啦扮成你的朋友，我只是想讓他們裝成一些你認識但不熟悉的人，不經意的經過你身邊，看看你能不能把他們識別出來。我也聽他們倆說了，你似乎很懷疑他們的身分，但你沒想過他們倆是咕嚕嚕和嘩啦啦吧？」

說得完全正確，知宵不好意思回答，只好一個勁兒傻笑。好在曲江也不糾纏這個問題，現在他最關心的是那個神祕的青蛙怪。他決定利用從推理小說中學到的一切推理與探案的方法，摸清楚青蛙怪的底細。同時，為了尋找靈感，曲江讓知宵從人類的圖書館裡再幫他借幾本推理小說。

第九章

天上地下抓螭吻

第二天，知宵來到妖怪客棧慰問咕嚕嚕和嘩啦啦。兩隻山妖雖然捉弄了自己，畢竟也因此被青蛙怪打傷了。咕嚕嚕和嘩啦啦恢復得很快，只是受傷的地方留下了被火燒過似的痕跡。

過了一會兒，柳真真也來到了客棧。今天運氣不錯，辦公室的電話很安靜，沒有生意上門。他倆正想放鬆一下，就被嘲風叫去幫白九先生幹活兒。那株藤蔓植物長得太快，枝葉伸進了屋子裡，他們得把這些枝葉修剪乾淨。接著，嘲風又讓他們幫忙完成自己的實驗。看著那堆亂七八糟的液體，知宵提心吊膽，生怕嘲風的哪個實驗步驟弄錯了，實驗室會燒起來，或者更糟——直接爆炸。

嘲風隨手拿著一個裝酒的小瓶子，偶而喝上幾口，實驗室裡瀰漫著酒氣。知宵和柳真真都從茶來那兒了解到，嘲風表面上認真做著實驗，實際上她調配出來的東西大部分都是酒。

柳真真對這種味道很反感，說道：「嘲風大人，您能不能少喝點啊？」

「你不能怪我，我生病了，我知道。」嘲風的語氣聽起來很可憐，特別像病人，她往日的驕傲不知道去了哪裡，「我病了好幾百年，可能上千年，只有酒能治好我。你們沒聽說過『酒為百藥之長』嗎？」

這只是酒鬼的藉口，兩個小夥伴都不買帳。

嘲風有些生氣，說道：「不要在心裡鄙視我，你們知道，我能讀懂你們的心思吧？真是的，虧我還事事為你們著想呢！」

這才是正常的嘲風，永遠覺得自己為別人與世界操碎了心，然後理所應當的把所有榮耀和成就都攬在自己身上。

連知宵也忍不住說：「您只是讓我們幫您跑腿、幹活兒，哪有為我們著想？」

「可惜了我的一片好心！這也是我討厭小孩子的原因。」

嘲風揮了揮手，兩股旋風便把知宵和柳真真裹了起來，帶著他們一邊轉圈、一邊飛，等到他們頭暈眼花才停下來。

這時，嘲風拿出一小瓶透明液體，遞給柳真真：「這是為你準備的。喝了它，你就可能聽得懂植物說話了。」

「可能？」柳真真問。

「這是我昨天才研究出來的，也沒試驗過，所以不敢確定。」

「您想讓我幫忙試藥？」柳真真小心的問。

「放心，這很安全。就算你不小心生命垂危，我還發明了一種能夠把你救活的酒。不過，說起來，從你那枝破毛筆裡冒出來的藤蔓好像也算是植物吧？你不是一直煩惱沒辦法讓它乖乖聽話嗎？或許你得先了解它的心思。」

只要喝下這瓶奇怪的藥……如果有效，說不定她就能和毛筆交流……柳真真想到這裡，爽快的把藥喝光了。她的臉色沒變，思考正常，還能說話，應該不是毒藥。可是，沒過一會兒，她就瞪大了眼睛，跑到知宵身後的窗臺邊打量著那些藤蔓，然後，轉過頭興奮的對嘲風和知宵說：「我聽到它說話了！」

「它在說什麼？」嘲風問。

柳真真搖搖頭，說道：「可能我還不習慣，聽不太清楚。知宵，你怎麼了？」

知宵直瞪著柳真真的頭髮，因為它們全都變成綠色了。

嘲風非常有把握的說：「這可能是藥物的副作用，看來我還得繼續改進。」

柳真真可興奮了，她完全沒空管自己奇怪的頭髮，急忙跑到花園裡去聽更多花草的聲音。

嘲風又一頭栽進了實驗裡，她的下一種藥物是專門為知宵準備的，據說能讓他嗅到許多平常聞不到的氣味，這樣他就能輕易辨別出妖怪來。知宵想到了頂著一頭綠髮跑來跑去的柳真真，連忙拒絕。

嘲風道：「要不是你們客棧裡那隻老山羊再三懇求我，你以為我願意幫你？哼！根據妖怪法則第七十四條，永遠不要對人太過熱情，因為並不是所有人都會被你感動！」

無奈之下，知宵只好接受。他來到花園裡，看到正蹲在一叢月季花前看得出神的柳真真，竟突然哭了起來。雖然上次就聽說柳真真哭過一回，知宵還是第一次親眼看見柳真真掉眼淚，這簡直比日食、月食還要稀奇。他看了看月季花，非常普通，有些營養過剩，說不定把其他植物的養分都搶走了。

「這些月季花對你說了什麼？」知宵問。

柳真真搖搖頭，說道：「其實我聽不懂它們的話，就像聽不懂風聲一樣，但我能感覺到它們確實在說話，我能感受到它們說話時的心情。這些月季花似乎特別悲傷，它們把我惹哭了。」

幾朵月季花到底有多深的悲傷，竟然能打動人心？知宵不是花，也無法理解。他心想，說不定這也是嘲風那瓶藥的副作用。

「現在我準備好了，我得和我的毛筆談談。」柳真真說，「不過，我得先求嘲風給我一些橙色的飲料，把筆裡的藤蔓引出來。」

柳真真大叫著嘲風的名字，鑽進屋子裡。知宵則蹲下來打量著那些傷心的花。這時，十九星帶著沈碧波出現了。

「知宵，看來煩惱著你的事情已經圓滿解決啦！」十九星笑瞇瞇的說。

知宵這才明白，昨天他確實遇見過真正的沈碧波和十九星。十九星和嘲風一樣，不太習慣生活在人類社會裡，只是因為她的兒子沈碧波在人類世界裡學習、生活，她才常常涉足人世。

今天，這對母子刻意為了拜訪嘲風而來。很久、很久以前，十九星還乳臭未乾時，曾跟著嘲風修行過一段時間。憑著這段交情，她準備替沈碧波說些好話，讓嘲風收他為徒。不過這也不太容易，十九星深知嘲風討厭為人師表。

「真好啊！」知宵不由得感歎道，他正帶領著這對母子進屋。

「好什麼？」十九星問。

「如果我媽媽也是嘲風的朋友，那我就不用整天待在這兒替嘲風幹活兒了。」知宵說。

嘲風的假期單調、枯燥得要命：要麼待在實驗室裡埋頭研究，要麼和龍宮通電話，要不就在為各種事情生氣。當她做這些事情時，都不喜歡被人打擾，可是一聽客人是十九星，她果斷中止了自己的實驗，離開實驗室去接待自己的老朋友。

知宵在實驗室門口看到了氣咻咻的柳真真。「嘲風不肯給我那瓶橙色飲料的配方，她說為我提供的幫助夠多了，現在我得依靠自己。」柳真真對知宵抱怨道。嘲風、十九星和沈碧波就在二樓的起居室裡，知宵和柳真真倚在門口偷聽，想看看嘲風會怎樣拒絕十九星。沒想到，十九星剛一提出自己的請求，嘲風就答應了。

有話直說的柳真真，站在門口大聲說道：「嘲風大人，您的原則呢？」

「有道理。所以，我不能這麼簡單就收波波當徒弟。」嘲風笑道。在知宵看來，她的語氣、表情都和螭吻特別像，他甚至擔心螭吻是不是為了幫助沈碧波，控制了自己姊姊的意志。

嘲風又說：「我得給波波一個小小的考驗，你必須把螭吻帶到我面前。你只有兩個星期的時間，注意喲！桃蹊和銀沙也正掘地三尺的尋找著螭吻呢！」

沈碧波高興極了，一向沒有表情的臉上露出了燦爛的笑容。

這徹底激怒了柳真真，她衝到嘲風面前，張牙舞爪的說：「不公平！我為您做牛做馬好長一段時間了——」

「幾天而已。」嘲風說，「做牛做馬？那你也是不聽話的牛馬。」

「這可是盡心盡力的幾天呢！您瞧瞧我手上的老繭！」柳真真揮了揮手，嚷道，「可是您呢，連一點點飲料都捨不得給我，一點點指導都吝惜！十九星阿姨是您的朋友，您就特別關照沈碧波，您這樣做怎麼可能讓人信服？虧您還是龍宮城的首領呢！」

知宵偷偷用眼角的餘光瞅著嘲風，猜想一會兒她就會發火，雷閃雷鳴，可是，嘲風依然笑瞇瞇的歪著頭對柳真真說：「有道理。你每天在我耳邊抱怨，我覺得特別煩；你打掃環境、做家務又笨手笨腳，看著教人生氣。這樣吧，為了保持我的好心情，我得讓你離開我的視線——不如你也幫忙找找螭吻，如果成功了，我就把你想要的飲料給你。」

「不夠！」柳真真說，「如果我成功了，您就得告訴我，我要怎麼做才能控制我的毛筆。」

「一次只能收一個徒弟，但是給你一些指導，不違反妖怪法則。成交。」

嘲風又對知宵說：「雖然我不喜歡小孩子，但也不想被人說成欺負小孩子，這有損我的身分和形象。所以啊，真真、波波，還有知宵，不如你們三個一起行動，怎麼樣？」

「好極了。」柳真真不滿意的說，「您不想讓我成功，所以讓兩個笨蛋來拖我的後腿。」

「這也正是我想說的話。」沈碧波反擊道。

柳真真惡狠狠的瞪著沈碧波，沈碧波也對她怒目而視。

知宵解圍說：「嘲風大人，很抱歉，我是螭吻先生的弟子，我沒辦法聽從您的吩咐去抓他。」

「正因為如此，我才讓你和真真一起幫波波的忙啊！這樣螭吻一定會很生氣。哈哈哈！仔細想想，你現在也必須聽我的話才行喲！難道你不希望有經驗、有地位的長者指點你控制雪妖的能力嗎？」

「我可以向螭吻先生請教。」知宵不屑的說。

嘲風莞爾一笑：「我所說的長者不是我喲！她叫章含煙。」

章含煙是知宵的曾祖母，也就是他身體裡八分之一雪妖血統的來源！知宵呆呆的望著嘲風，不敢相信自己的耳朵。

「我說的是實話，章含煙也是妖界的一位人物。妖怪不像你們人類，他們是很長壽的。她離開妖怪客棧後，我碰巧知道她在哪兒。難道你不想見見她？」嘲風又說。

知宵沒辦法抵擋這個誘惑，默默的點頭答應了。

嘲風很滿意，又補充道：「你們可以盡情的讓你們各自的朋友幫忙。不過，必須要由你們三個親自把螭吻抓起來，明白嗎？」

「等等，我們要怎樣才能抓住螭吻先生？」沈碧波問。

「哈哈哈哈……」嘲風哈哈大笑，「這就是你們的問題了。大家都散了吧！

再見。」說罷，起身大步離去。

雖然眼前面臨著如何找到螭吻的大難題，知宵卻覺得這也算是一件好事：很明顯，嘲風也加入了螭吻的遊戲中，如果她親自出馬，一定早就把螭吻押回來了。

三個孩子向十九星請教螭吻的弱點。十九星誠懇的說：「相信我，孩子們，如果我知道，早就把他抓起來囚禁在羽佑鄉了。」十九星和螭吻的關係一直很緊張，這是大家都知道的事。「不過，你們放心的去尋找螭吻，我會幫你們，全羽佑鄉的姑獲鳥都會出動。螭吻這次完蛋了，哈哈！」

十九星的話鼓舞了三個孩子，他們也都信心滿滿，躍躍欲試。哪個小孩子不喜歡挑戰呢？

叮囑了沈碧波幾句後，十九星就離開了。之後，知宵、柳真真和沈碧波回到妖怪客棧的空房間裡，計畫著接下來的行動。該從哪兒開始呢？桃蹊帶領著蠱雕、銀沙帶領著天狗，已經搜尋螭吻好幾天了，可是一無所獲。螭吻到底在哪兒？還在地球上嗎？無論是天狗、蠱雕，還是姑獲鳥，都比金月樓的房客厲害，可是，要說打探消息，還是小妖怪們比較擅長。雖然房客們最近都有自己的工作要忙，知宵還是請他們抽空幫忙打聽螭吻的消息。

接著，大家又決定給螭吻打個電話，找個藉口騙他出現。不過螭吻是活了一千多年的神獸，要騙他談何容易，該用怎樣的藉口呢？最後，知宵想到一個好點子，於是他撥通了電話。

電話的雜音特別大，知宵甚至還聽到了海浪聲。知宵緊張極了，他不是那種擅長說謊的孩子，有時候撒個小謊，都能輕易被人識破。

「知宵啊，你遇到什麼麻煩了嗎？」螭吻察覺到知宵語氣裡的不安。

「沒什麼……」知宵深吸了一口氣，「好吧，確實有一件麻煩事，我非常對不起您……」

「到底怎麼了？」

「您交給我保管的嘲風的護照，我把它藏得可好了，但它還是不見了，也不知被誰偷走了。對不起，我非常抱歉！」知宵努力裝出害怕的樣子，他有些討厭滿口謊言的自己，因為謊言會讓別人對你失去信任，而信任一旦失去，是很難再得到的。不過，現在他也只能豁出去了。

他又深吸了一口氣說：「我實在沒辦法了，又不敢把這件事情告訴別人，所以，不管您在哪兒，您能回來一下，幫忙找找嘲風的護照嗎？」

「我不得不說，你可真是笨。」

「對不起！」

「你的謊言太蹩腳啦！哈哈哈！」螭吻得意的說，「你和另外兩個孩子商量著要騙我出現，別以為我不知道你們的想法喲！嘲風越來越好玩了，竟然利用我的徒弟來對付我，還好我並不是很重視你們倆，不覺得有多傷心，也隨時準備原諒你們。好好加油吧！找到我，讓師父看看你們的本事。」螭吻掛斷了電話。知宵環視著辦公室，覺得空氣裡布滿看不見的眼睛，正替螭吻監視著他們。

知己知彼，百戰不殆，他們三人對螭吻了解得太少了。當然，要讓十一歲的小孩子想像一千多歲老妖怪的生平，確實有些困難。不過，他們也不是完全沒有辦法。沈碧波買來一大堆零食，「擄獲」了饞嘴貓茶來，希望從他那兒打聽到更多關於螭吻的資訊。

茶來跟在螭吻身邊已經三百多年了。據知宵了解，這隻貓妖也是螭吻最親近、最信任的朋友。拿人手短，吃人嘴軟，茶來雖然吃了不少零食，卻也只是打哈哈，不肯透露重要資訊。

柳真真有些不耐煩了，問道：「你覺得螭吻先生可能在哪兒？」

「任何地方，世界是他的遊樂場。」茶來說，「你們不可能找到他的，反正也找不到，不如想辦法讓他找你們。」

「我們也是這麼想，所以得多了解他才行啊！可是你什麼也不肯告訴我們！」沈碧波說。

「我不了解他。」

「那誰了解他？」知宵問。

「嘲風大人。」

一切又回到了原點，大家都有些沮喪，只好猛吃巧克力紓解心情。這時，沈碧波的姑獲鳥管家金銀先生和另一隻姑獲鳥木鏡進來了。姑獲鳥們說，他們打探到了螭吻的消息！於是，三個小夥伴坐在兩隻姑獲鳥的背上，前往他們探查到的地點。

天狗和蠱雕們一定也了解到了這個情況，說不定正趕過去呢！木鏡和金銀先生飛得很快，想趕在對手之前到達目的地。知宵坐在木鏡的背上，感覺心臟怦怦亂跳。他期待著能夠見到螭吻，又很擔心——見到螭吻和抓到螭吻，完全是兩碼事。

半路上，幾隻蠱雕果然趕上了兩隻姑獲鳥。這還是知宵第一次在白天看到他們，他們都有著黑色的羽毛，在陽光的照射下，羽毛亮閃閃的。蠱雕們一擁而上，一大群鳥兒怪叫著在空中鬥成一團，黑色的、白色的、火紅色的羽毛在空中漫無目的的飄啊飄。其中一片白色羽毛飄得很遠，撞在遠處一隻天狗的鼻子上，那隻天狗打了個噴嚏，氣沖沖的抓住這片蠱雕的羽毛，把它撕成了碎片。

鷸蚌相爭，漁翁得利。趁著鳥兒們打鬥時，天狗們悄悄超過了他們，好在鳥兒們注意到了那群天狗，暫時拋開彼此的鬥爭，朝著天狗的方向飛去。木鏡和金銀先生看起來都有些狼狽，身上還添了幾道傷，他們一直緊緊跟在隊伍的後面，如此一來，就不用和那些天狗或是蠱雕正面開戰了。

就這樣打打鬧鬧的飛過了點綴著些許房屋的小城鎮，飛進了連綿不斷的高山裡。山上到處是鬱鬱蔥蔥的樹，籠罩著薄薄的霧。大家來到了目的地——一棵老樺樹下。這棵樹看起來很普通，不像是螭吻變出來的。天狗們圍繞著樹身嗅來嗅去，蠱雕們也不放過任何一片葉子。

「您能聞出螭吻先生的氣味嗎？」知宵問金銀先生。

「很濃的氣味，說不定真的是螭吻。」金銀先生說。

「不是他！這棵樹只是想向我們傳達一個消息。」柳真真急切的說，「金銀先生，麻煩您飛近一點。」

金銀先生照做了，柳真真抓住樹枝跳到樹上，緊閉雙眼，皺著眉頭，拚命想要理解這棵樹的心聲。然而，藥效正在消失，她的頭髮慢慢從綠色變為黑色，就算憋得臉都紅了，也沒感受到有用的東西。這時，天狗們突然騷動起來。知宵的目光轉向他們，看到了站在樹前面的螭吻，他的身體是半透明的，應該只是一個影子。

「哈哈！親愛的朋友。」影子螭吻笑瞇瞇的說，「我得說，憑你們的腦子竟然也找到了這兒，真是不容易，請為自己鼓掌。」影子鼓了鼓掌，「啪啪啪」的聲音迴響在林間，那些天狗和蠱雕都快氣炸了。

「如你們所見，這也不是真正的我，為了犒賞你們的努力，我給你們留下了線索。看到樹洞了嗎？」影子螭吻伸手指了指完好無損的樹，樹身慢慢出現了一個小小的樹洞，「我留下的線索就在那兒，只有最勇敢的人才能拿到喲！」

影子螭吻笑瞇瞇的向大家揮手，慢慢的消失。天狗和蠱雕們互相看了看，同時湧向樹洞，金銀先生和木鏡也加入了爭搶隊伍中。很快的，一隻天狗銜著一隻朱紅色的錦囊衝出重圍，他把錦囊掛在脖子上，說道：「請大家冷靜！」

他的聲音不大也不高，但挺有穿透力，大家聽了都停下來。

「我們天狗和蠱雕追逐螭吻大人多年，應該比誰都了解他。螭吻大人就像個貪玩的小孩子，所以，我們也應該知道，他看到我們爭來鬥去，一定正在偷笑呢！這不是正中了他的下懷嗎？我不知道我們能不能找到他，但總不能讓那位大人太得意。停止鬥爭吧！我們都是為嘲風大人辦事，本來應該齊心協力，不如大家一起分享這條線索，再把螭吻大人找出來！」

大家都沒有說話，似乎正認真考慮著拿到錦囊的天狗的提議。三秒鐘後，天狗的首領銀沙嚷嚷道：「離尤，你是不是傻了？居然想和下等的蠱雕合作，下輩子吧！」

沒有人下令，大家吱哇亂叫著一齊撲向叫作離尤的天狗，又是一陣混戰。金銀先生和木鏡才不想摻和天狗和蠱雕的混戰，他們落到地面，和三個孩子一起觀戰。木鏡不由得感歎道：「都說嘲風大人脾氣差，有這樣的笨蛋手下，脾氣再好的人也會發瘋。」

很快的，身手敏捷的蠱雕桃蹊搶到了錦囊，拍著翅膀衝上高空。天狗們追了過去，蠱雕們為了阻止他們也不甘落後，可憐的離尤不小心被自己的同伴咬傷了腿，從天空中落下來。熱心的沈碧波抓住這個機會，從包裡掏出一瓶聲稱能緩解疼痛的可疑噴霧，天真的離尤選擇相信沈碧波。沈碧波就把藥噴在他的傷口上——確實挺有效。

離尤再三感謝沈碧波，一瘸一拐的離開了。木鏡讓金銀先生送三個孩子回家去，他則跟著天狗和蠱雕們，想辦法了解錦囊裡的線索。

第十章

妖怪獵人螢火蟲

糟糕的事情發生了：嘲風只花了一天的時間，就研製出了據說能讓知宵辨別妖氣的藥水。一大早，她從窗戶飛進知宵的家裡，非要讓知宵試藥。眾所周知，科學研究都得花費好幾年甚至幾十年的努力和心血，這讓知宵很懷疑這種藥的安全性。不過，誰敢反抗嘲風呢？

知宵深吸一口氣，吞下這瓶沒有顏色也沒有氣味的可疑藥水，一直站在鏡子前觀察著自己。他的頭髮沒有變色，胳膊沒有變長，也沒有長出第三隻眼睛，唯獨他的鼻子像被人揍了一拳似的腫了起來，還泛著紅光，好像生怕別人忽視了它的存在一樣。這個大鼻子也確實不同凡響，一瞬間，全世界所有的氣味都向知宵湧來，毫無準備的知宵打了個大噴嚏，眼淚也跟著流了出來。房間裡所有的氣味都混在一起，聞起來糟糕透了，簡直比臭氣熏天的公共廁所還要可怕。

「看起來我應該是成功了。」嘲風甩了甩頭髮說，「你的鼻子總算能夠派上些用場了。」

「這就是你們妖怪聞到的世界嗎？」知宵痛苦不堪的問。若真是如此，他覺得妖怪們也太可憐了。

「當然不是。」嘲風說，「這只是初步研究成果，你聞到的氣味都有些誇大，因為我得讓你印象深刻，明白吧？一開始你可能不太習慣，你得慢慢學會怎樣辨別各種氣味、忽略你不想聞到的氣味。氣味最能代表一個人，當你心情愉快或是糟糕時，你聞起來也會不一樣。氣味也是辨別妖怪的最重要的手段。你現在感覺怎麼樣？」

「有些喘不過氣來，很熱鬧，覺得周圍很擠。」知宵現在不像剛剛那麼難受了，「還有，為什麼我聞不到您的氣味？」

「那當然，我把自己藏起來了。」

本來已經熟悉的世界突然變得新奇，知宵忍不住衝上大街，也顧不得遮掩那引人注目的大紅鼻子了。他蹲在一家小店旁邊，閉著眼睛感受著四周湧動的氣息，慢慢的，他就能分辨人類的氣味和妖怪的氣味，並從人群中找出許多精怪來——沒想到，街上的妖怪有這麼多！

知宵來到金月樓，鼻子一張一合的動著，從另一個角度再次認識妖怪客棧和房客們。他穿過螭吻仲介公司的辦公室，來到螭吻家的花園裡，樹葉的清新、泥土的腥氣、腐爛小草的氣味，都逃不過他的鼻子，他還可以感受到正在草叢裡蹦跳的蟋蟀的味道。知宵走到之前柳真真對著它哭起來的那叢月季花前，差點吐了出來。他想到昨天柳真真所說的話，這就是月季花兒悲傷的氣味嗎？聞起來實在不像花兒，它充滿了妖氣。

「你怎麼了？」水橫舟的聲音傳來，知宵嗅到她身上的氣味時竟然有些害怕，可能因為她是蛇吧？

知宵向她解釋了這月季花的糟糕氣味，水橫舟說：「這是我受螭吻大人所託種下的。師父喜歡研究藥草，我也不敢太落後，所以改良過不少種子。這株花可以吸收這座別墅內外的汙染物和糟糕的、負面的氣息，保持空氣清新。別墅裡的狀況越是糟糕，它就長得越好。聞起來很可怕，大概是因為它吸收了太多師父的壞心情吧！你看它長得多茂盛，師父的心情一定很低落。」

水橫舟看了看月季花，又說：「螭吻大人的提議挺好，和你們大家熱熱鬧鬧的相處，師父的心情好多了，現在都有興致陪著螭吻玩捉迷藏遊戲了呢！我雖然一直幫師父減輕工作負擔，但是，若說要分擔她的壞心情，我就不知道該怎麼辦了。我一直都不太擅長做這些讓別人高興的事，所以師父才會覺得我笨手笨腳吧！謝謝你們。」這時，嘲風在屋子裡大叫著水橫舟的名字，她急急忙忙跑進屋去。

知宵心想，雖然水橫舟常常被嘲風虐待，她心裡似乎還是很尊敬自己的師父。

「嘲風只是脾氣差了點，對我們挺好的。」知宵又想。

所有的氣味都太過濃烈，又沒辦法逃離，即使用手摀住鼻子，氣味還是會想辦法鑽進來。時間長了，知宵的鼻子麻木了，像不再屬於他了一樣。這時，眼前的花兒似乎出現了重重陰影，他眨了眨眼，這才注意到是自己頭暈的緣故。他剛剛伸手碰到旁邊的一棵銀杏樹，就「砰」的一聲倒在地上。

知宵感覺自己好像突然走進了一條曲曲折折的走廊。這兒光線昏暗，兩邊是長長的、沒有盡頭的架子，架子上擺滿小小的香水瓶，成千上萬種氣味變成五彩繽紛的煙霧，直直的鑽進他的鼻子，快要擠爆他的腦袋了。

知宵拚命往前跑，想逃出這氣味的牢房。不知過了多久，走廊和氣味消失了，四周只有光亮，他安心的舒了一口氣，一睜眼就看到了柳真真和沈碧波。原來，知宵正躺在自己的床上，嘲風坐在書桌前翻看知宵的作業本，那是老師規定的假期日記。

知宵從床上彈起來，二話不說搶走了本子，漲紅了臉對嘲風說：「您太過分了，這是我的隱私！」

極了。

「沒什麼好隱私的，你表裡如一，沒有祕密。」嘲風笑嘻嘻的說，知宵生氣

嘲風歪著腦袋望著他，歎了口氣，說道：「好了，我道歉，不該隨便翻看小知宵的隱私，都怪你這兒沒什麼書可看。」

她說話的語氣完全不像道歉，但這是嘲風表現出來的最誠懇的樣子，如果知宵不接受，嘲風絕對會收回自己說過的話。

這時知宵察覺到，他沒聞到什麼明顯的氣味，便問道：「發生了什麼事？我為什麼會暈倒？您的藥是不是有什麼可怕的副作用？」

「事情是這樣的，像我之前說過的那樣，作為人類，你的身體太脆弱，承受不了太多氣味，你的大腦為了保護你，就讓你暈倒了。之後，我就把你送回家，這兩個孩子也跟來了。」嘲風簡短的解釋道，「現在應該都好了，你的鼻子也恢復正常啦！藥效應該過了。」

嘲風來到知宵和柳真真身邊，伸出胳膊把他們倆攬進懷裡，知宵感覺到一股很溫暖的氣流湧進自己的身體，覺得舒服多了。這是嘲風的特技，她常常用它來撫慰感覺痛苦的朋友。

嘲風離開知宵的家後，知宵才發現自己連快碰到鼻尖的香味都聞不到了！這就是藥水最糟糕的副作用，它奪走了知宵的嗅覺。

「想想你多幸運，短短的一個小時，你就像走進了三個不同的世界。」柳真真安慰道，突然幸災樂禍的笑了，「也許你該嘗嘗我昨天喝過的藥，那又是一個不一樣的世界呢！」

「我家裡有一種藥可以讓鼻子暢通，說不定你就能聞到氣味了。要不要我讓金銀先生送過來？」沈碧波說。

知宵對沈碧波的噴霧相當忌憚，沒多想就謝絕了。

「對了，你們怎麼也來我家了？」

原來，沈碧波打聽到了螭吻留在錦囊裡的線索。

「螢火蟲。」沈碧波道。

知宵叫道：「這算什麼線索？」

柳真真搶白說：「我猜，螭吻可能會變成螢火蟲，也可能藏在一個到處都是螢火蟲的地方。很可惜，我還沒在仙境之外的其他地方看到過螢火蟲。沈碧波，你們羽佑鄉好像有很多螢火蟲，不如我們今天晚上去捉螢火蟲吧？」

柳真真的提議馬上得到了知宵的回應，自從嘲風到來之後，今年的假期過得比上課還累，是時候放鬆、放鬆了。

沈碧波完全不感興趣，不屑的說：「你們真幼稚！」

「和我們做朋友，沈少爺也好不到哪裡去。」知宵反擊道。

「你到底是從哪兒得知這個線索的？」柳真真問沈碧波。

「離尤偷偷告訴我的，他說這是給我的謝禮。」沈碧波說，「我猜還有更多的線索，天狗、蠱雕還有我們姑獲鳥，都會盡力尋找。我們三個要怎麼做？如果只是讓我等待別人把消息帶給我，事事都是別人在出力，就算我們真的能夠找到螭吻，我也覺得自己沒資格當嘲風的弟子。」

「那你想怎麼樣？親自去找螭吻嗎？」柳真真問道，「你知道這是辦不到的事。奇怪？你的目標可是當嘲風的弟子呀！嘲風也說找人幫忙完全沒問題，為什麼不讓大家幫忙？」

「沒錯。我問問妖怪客棧的房客們有沒有打聽到什麼情況。」知宵說著，撥通了蜘蛛精八千萬的電話。

鈴聲響了很久，八千萬才接起電話：「小老闆，恐怕我不能繼續幫忙啦！因為嘲風大人的要求，我現在有了固定工作，而且很忙。我只是一隻小妖怪，要是二十四小時利用自己的力量，會虛脫而死的！」

電話那頭的八千萬聽起來苦哈哈的。知宵沒有放棄，他把「螢火蟲」這條線索告訴八千萬，至少看看八千萬會不會想到什麼。

八千萬說：「巧了！我認識一位很有名的賞金獵人，他經常變成螢火蟲飛來飛去，『螢火蟲』就成了他的綽號。他好像還是螭吻大人的朋友。絕對沒問題，他要麼知道蝸吻大人的下落，要麼能夠找到蝸吻大人！」

大家趕緊跑到妖怪客棧，進入蝸吻的仲介公司，那兒保存著許多賞金獵人的資訊。知宵發現，檔案裡的賞金獵人被分成兩類，第一類用藍色的星星標記，另一類則用紅色的星星標記，知宵不明白他們有什麼區別。

「就讓前輩替你介紹介紹吧！」柳真真擠進來說，「藍星獵人和我們有合作，他們只會搜尋雇主想要的東西或是人物，不會傷害他們；紅星獵人就更像現實世界裡的獵人，或者說是殺手，他們甚至會傷害人和妖怪。」

大家很快就找到了綽號為「螢火蟲」的獵人，他被登記在藍星之下。賞金獵人們一向非常神祕，都不喜歡透露過多的個人訊息，「螢火蟲」更是如此。他早已隱退，不再當獵人，誰也不知道他在哪裡，找到他和找到蝸吻的難度差不多。檔案裡並沒登記他的真實名字，也沒有詳細位址和聯繫方式，只有一串乾巴巴的數字——29361、102940。

雖然大家都覺得這不可能是電話號碼，還是試著分別用人類和妖怪的電話撥出這兩組數字，但是沒有人或者妖應答。這應該是某種暗號！三個小夥伴圍坐在一起，思索著它們有可能代表的意義，腦袋都想破了也沒頭緒，只好宣布投降。於是大家又買了一堆零食，去找那隻胖胖的花貓。

茶來吃飽喝足後，知宵趕緊把寫著奇怪數字的筆記本推到他面前。

「其實很簡單，數字是螢火蟲的住址，分別代表緯度和經度。」

「什麼是緯度和經度？」知宵問。

「它們是用來標示地球上任何一個位置的地理座標。」沈碧波解釋道，「螢火蟲應該生活在中國吧！那他家的位置在北緯２９度３６分１２秒，東經１０２度２９分４０秒。沒錯吧？茶來。」

茶來點點頭，說道：「姑獲鳥的腦子裡有自動導航系統，能夠準確的把你們送到螢火蟲的家門口。而螢火蟲絕對能帶你們找到螭吻。」

三個小夥伴可不想被天狗或是蠱雕搶先一步，他們悄悄通知了金銀先生，讓他把沈碧波的羽衣也一起帶來，大家便馬不停蹄的前往目的地。沈碧波只要披上羽衣，就能暫時化身為姑獲鳥，在空中自由飛行。沈碧波的羽衣曾經是十九星的姊姊十九月的，十九月為了向十九星復仇，還放火把羽衣燒壞了。不過，羽衣損毀得不嚴重，經過一番修補已經恢復如新。

就這樣，沈碧波披著羽衣飛行，金銀先生則馱著知宵和柳真真飛翔。這位忠誠的管家告訴背上的兩個孩子，這次他們的目的地似乎和上次的白樺樹相隔不遠。他們充分利用了縱橫交錯的仙路網，縮短了飛行距離。等到了螢火蟲的家門口，大家都傻眼了——這正好是那棵白樺樹生長的地方。

柳真真拍打著樹身，算是敲門。等了半天，那棵樹也沒什麼反應。

「還記得上次影子蝸吻所說的話嗎？線索藏在樹洞裡，但他並沒有說過，樹洞裡只有一條線索！」沈碧波叫道，「我們得再看看樹洞！」

變成姑獲鳥的沈碧波飛落在樹枝上，可是樹洞實在太小，他使勁把身體縮成一團，才把腦袋擠進洞裡。他看到洞裡有乾枯的野草，還有爬來爬去的小蟲子，和普通的樹洞沒有什麼區別。

金銀先生說：「孩子們，或許我們應該等到晚上，螢火蟲不都在夜裡發光嗎？」

孩子們覺得真相就在眼前，都興奮極了。知宵和柳真真分別打電話給家人，說自己會晚點回家。之後，大家又以白樺樹為中心四下探查情況，尋找蛛絲馬跡，最後便坐在樹下苦苦等待。

好不容易到了夜裡，風有些冷，空氣很潮溼，但是四周並沒有螢火蟲出現。他們正失望的時候，樹洞裡突然出現一道閃光，然後很快就消失了。

沈碧波飛到洞口，閃光再次出現。這次，那小團綠色的光不再消失，他不由得問道：「你是螢火蟲嗎？」

「你見過哪個螢火蟲精靈會叫自己的螢火蟲的？」綠光慢慢靠近，沈碧波這才注意到，那是一個指甲大小的精靈，乳白色的身體裹著一條綠色的小裙子，看起來胖乎乎的，像個人類小嬰兒。她提著一盞水蜜桃形狀的燈，光芒便是由那盞燈散發出來的。小精靈繞過沈碧波，依次觀察了知宵、金銀先生和柳真真，最後停在半空中，問道：「你們為什麼守在我家門口？難道是在監視我嗎？真沒禮貌！」

「我們想找螢火蟲先生。」柳真真說。

「我不認識你們，也沒聽說過你們，才不會帶你們去見那隻臭螢火蟲！」小精靈氣呼呼的提著燈飛進樹洞。

這時，知宵想起八千萬說過的話，趕緊說：「我們聽說螢火蟲先生是螭吻先生的朋友，我們幾個都是螭吻先生的弟子！」

小精靈聽了，轉頭飛到知宵面前，停在他的鼻子上，問道：「是螭吻讓你們過來的嗎？」

「沒錯。」知宵說。螭吻雖然沒這樣說過，但確實是他留下的線索把大家引過來的。

小精靈飛離了知宵的鼻尖，說道：「你們來得太早了。不過這樣也好，他睡得越來越久了，我正在擔心他會睡過去再也醒不過來。不過，你們兩手空空的，準備怎麼叫醒他？」

「我們應該準備什麼東西？」沈碧波問。

「食物。」小精靈說，「東北邊的山谷裡有一個湖，湖裡的魚是他的最愛，聞到那些魚的香氣，他就會醒過來。」

金銀先生聽罷，笑了笑說：「捉魚可是姑獲鳥擅長的事，就讓我去找魚吧！」於是，金銀先生獨自去捉魚，三個孩子則在原地等待。

小精靈似乎對這三個人類孩子很感興趣，一直繞著他們飛來飛去。她說自己叫諾兒，大家向她打聽起螢火蟲先生的情況，諾兒什麼也不肯說，只是告訴他們，螢火蟲醒過來後，千萬不要亂說話，他的起床氣很重。

「我真是搞不懂，為什麼會有一隻烏龜給自己取名叫螢火蟲，我最討厭大家把我們倆混淆了。」諾兒說，「因為他性格不好，以前每次有工作，都是我幫他接洽，所以大家都把我誤認成了他。我只是他的助手和唯一的朋友，每次他呼呼大睡時，都是我守在他身邊；有時候他作惡夢，我還得唱搖籃曲安撫他。早知道和他交朋友是這樣一件麻煩又累人的事，我絕對會阻止自己認識他。」

「那他叫什麼名字呢？」知宵問。

「誰知道，恐怕連他自己都忘了，他太老了。」

「螞吻先生每年都會叫醒螢火蟲先生嗎？為什麼？」柳真真不解的問。

「他很擔心老螢火蟲睡得太多、太久，最後一睡不醒，所以，每年這個時候都會強迫他去參加聚會。」諾兒說。

「什麼聚會？」知宵問。

這時，諾兒卻不肯回答了。

金銀先生很快就回來了，諾兒提著燈飛進洞口，輕輕吟唱著古老的曲調，那盞燈的光芒越來越亮，慢慢包裹住大家，把大家拉向樹洞。洞口突然變大了，也可能是他們變小了，接著光芒消失，知宵感覺自己坐在冰冷、潮溼的泥地上，他伸手摸到了幾塊小石頭。有什麼東西正在撫摸著他的臉，知宵嚇了一跳，定睛一看，才發現是身邊的雜草，雜草後面一片黑暗，有冷氣從裡面湧出來，應該是山洞。

小精靈飛進去，很快的，她也被黑暗所吞沒，但隱隱傳來了她的聲音：「大家快跟上。」

第十一章

大暑時分的聚會

螢火蟲先生一定非常喜歡吃魚，越往山洞深處走，空氣越沉悶，魚腥味也越重。雖然沈碧波一路噴著空氣清新劑，但也沒辦法蓋過這可怕的氣味。柳真真不停的抱怨，知宵則在一旁偷笑，嘲風藥水的副作用還沒完全消失，他什麼氣味都沒聞到。

他們總算到達山洞最深處的石室，一道地下暗流發出細微的響聲，洞頂還有一個小小的裂隙，清冷的月光流瀉下來。諾兒點亮了石壁上的一盞燈，室內亮了起來。知宵四下打量，看到一塊表面平整的大石頭，上面擺著一些白森森的動物骨頭。石桌後面的牆壁上精心開鑿出了石櫃，上面歪歪斜斜堆著布滿灰塵的書。

這兒應該是螢火蟲的家，但是，大家都沒找到獵人本人到底在哪裡。

「他就在這兒。」說著，諾兒便飛到石桌旁的一塊長著雜草的石頭前面，金銀先生拿著魚在石頭前面晃了晃，石頭劇烈的晃動起來，只見灰塵和雜草一齊掉落，從裡面伸出一個腦袋，搶過金銀先生手中的魚，三兩口吞下，喉嚨裡還發出非常滿意的聲音。原來，那石頭是一個龜殼。

螢火蟲先生睡得太久，意識還不太清醒。他目光呆滯的打量著大家，最後看到了諾兒，打了個哈欠向自己的朋友問好後，便把頭縮回龜殼裡，準備繼續睡覺。知宵、柳真真和沈碧波幾乎同時叫住了他，螢火蟲先生生氣極了，伸長脖子大叫一聲，口臭熏得大家一直退到小溪邊。

「我提醒過你們，千萬不要惹他生氣，他的脾氣可壞啦！」諾兒叫道。她飛到螢火蟲先生身邊，唱起歌來安撫他，螢火蟲先生慢慢平靜下來，大家這才敢靠近他。

諾兒把知宵一行人的身分告訴螢火蟲先生，他看了看大家，說道：「怎麼蟎吻每年都來煩我，打擾我睡覺，今年還支使這麼多奇怪的人闖進我家！諾兒，我記得去年我和蟎吻絕交了，對不對？快把這些人趕走！」

「得了吧！你明明知道蟎吻就像狗皮膏藥，甩也甩不掉。」諾兒笑著說，「如果他沒主動提出要和你斷交，不管你說什麼，他永遠都會把你當成朋友。」

螢火蟲先生無奈的歎了一口氣，問道：「今天是幾月幾號？」

「七月十八日。」金銀先生老實回答。

「根本沒必要這麼早把我叫醒！」螢火蟲像個小孩子那樣抱怨著，又縮回了腦袋，這次連諾兒也沒辦法阻止他。金銀先生只得又去抓來好多條魚，在螢火蟲先生面前晃了晃，才誘惑他伸出腦袋，張大嘴巴把魚兒都吞進肚子裡，但他就是不肯睜開眼睛。

諾兒說：「也只能這樣了，誰也拿他沒辦法，我就說你們來得太早了。忘了問你們，難道今年蝸吻有新的安排嗎？」

柳真真把大家尋找蝸吻的前前後後簡略的告訴諾兒，有些失望的說：「我們以為螢火蟲先生可以幫忙，難道是我們想錯了？」

「我們沒有想錯。蝸吻先生不是會和螢火蟲先生一起參加聚會嗎？那麼，只要我們跟著螢火蟲先生，就能找到蝸吻先生了。」知宵的目光轉向諾兒，問道，「我們是來得太早了。諾兒，要哪一天叫醒螢火蟲先生才合適呢？」

「大暑那天的下午六點，年年如此。」諾兒說，「不過，我可不敢保證他一定會帶你們去參加聚會，其實那個聚會也很無聊。」

今年大暑在七月二十二日，確實來得太早了，大家只好先回家去。他們回到城裡時，在空中遇到了木鏡，他對大家說道：「桃蹊的手下找到了第二條線索！

她已經遙遙領先於我們了！」

「第二條線索是什麼？」沈碧波焦急的問。

木鏡也不清楚，這次蠱雕們把祕密保守得很好，現在他們似乎正忙著尋找第三條線索。

知宵有些迷惑了：線索不是在螢火蟲先生身上嗎？第二條線索又代表著什麼？是螭吻干擾大家的手段？或者說，螢火蟲先生是迷惑大家的煙幕彈？問題可真複雜。知宵感覺自己一秒鐘就化身成了福爾摩斯，但他不像那位大偵探一樣聰明絕頂，想了半天，還是沒有絲毫頭緒。

回家後，知宵躺在床上越想越洩氣。他突然覺得，這一切不過是螭吻的遊戲，大家都太認真了。螭吻可真厲害，讓這麼多大妖、小怪和人類陪著他一起玩，連嘲風也配合著他——嘲風雖然看起來很鄙夷螭吻所做的一切，也是因為她，那群天狗、蠱雕和姑獲鳥才會加入這場遊戲。嘲風和螭吻一樣，都是這場遊戲的策畫者。

要不要放棄尋找螭吻，退出遊戲，免得螭吻和嘲風太得意？不行，不行。放棄不就是認輸嗎？即使只是一場遊戲，也要贏。就算輸了，也要輸得漂亮點。

第二天上午，知宵正在寫作業，螭吻主動打來電話，說他已經知道知宵、柳真真和沈碧波找到老螢火蟲這件事，也知道他們到底想幹什麼。

「既然你們很喜歡跑去他那臭烘烘的家叫他起床，大暑那天就由你們去把他叫醒吧！」

「那我們可以和螢火蟲先生一起參加您的祕密聚會嗎？」知宵問。

「沒問題。不過，你們可別想利用聚會時抓住我，即使是我睡著時，你們也完全沒機會。嘻嘻……」螭吻笑嘻嘻的掛了電話。

現在大家已經確認能找到螭吻，問題是，該如何抓住他呢？

下午，知宵和柳真真在沈碧波家碰頭，商量怎樣才能找到合適的方法捕獲螭吻。姑獲鳥首領十九星並沒有打探出什麼情況，她提議，一旦螭吻出現，她就先和螭吻鬥一場，大家再趁著螭吻不注意時把他抓起來。不過，就算螭吻受了傷，要抓他也不容易，他們該用什麼武器或是法術呢？

「如果螭吻喝醉了，說不定警覺性會降低，我們就有機會了。」沈碧波說。

「有可能，嘲風就是這樣。」知宵回想起第一次見到嘲風時的情景，她那麼精明能幹，控制欲又強，但也敗在酒的面前。可是，螭吻又不是嘲風，他並不喜歡喝酒，知宵從來沒見過他喝酒的樣子。這時，知宵突然想到桃蹊把他當成螭吻帶走的那天晚上發生的事。

「試試我們專門為您準備的禮物。」桃蹊曾經這樣說過。

哈哈，想必那迷倒知宵的迷香也是螭吻的剋星了。一直站在一旁的金銀先生馬上打電話通知木鏡，讓木鏡想辦法打聽迷香的事。

接下來的三天，大家只能在等待中度過，實在太難熬。天狗銀沙還找到了第三個裝著線索的錦囊，線索到底是什麼，依然是個謎。知宵他們只知道，最後桃蹊和銀沙都把線索交給了嘲風，接著，嘲風便命令他們停止搜捕螭吻。沈碧波慌了，害怕嘲風不願意收自己為徒，硬拉著知宵和柳真真找到嘲風，問她為什麼出爾反爾。

「我們明明就快要找到螭吻先生了，您突然下這樣的命令，對我們不公平！」沈碧波義正詞嚴的說，「您要是不想收我當弟子，就不要提出什麼考驗！」

「奇怪？我只是讓桃蹊和銀沙停止搜尋，又沒讓你們停止行動。」嘲風皺著眉頭說，「你們當然可以繼續。不過，小朋友，你可得注意了，想想我是誰，想想你是誰，想想你有求於我的事，再想想十九星教你的待人接物的禮儀。今天我的心情不錯，就饒過你，下次你再衝著我瞎嚷嚷，我就一陣風把你吹到海上去。」

這幾天，嘲風的心情確實好了很多，她不再躲在實驗室裡，把所有時間都花在遙控龍宮城和研製藥物上。她常常會消失幾個小時，去拜訪不知名的朋友，然後帶著一身酒氣回來。她的話震懾力實在太強，三個小夥伴都啞口無言，不由自主的退到了牆角。

接著，嘲風拔下一根長髮交給知宵，說道：「我的頭髮裡帶著我的法力，比一般的武器都更有效，我把它交給你，你就能對它下命令。到時候，你們就用它把螭吻綁起來吧！他絕對掙脫不了。注意，你只有兩次機會，一定要把他綁起來，只許成功、不許失敗，明白嗎？」

大家再三保證之後，才離開那所爬滿藤蔓的房子，蹲在螭吻花園的角落裡研究嘲風的頭髮。它看起來就像充滿魔力的樣子，嘲風使用的洗髮精和護髮素一定不同凡響，這根頭髮還一直閃著光呢！

於是，大家各自回家，好好休息一晚，只等明天大暑，把大名鼎鼎的龍王幼子綁起來。光是想想就很令人興奮吶！

知宵離開金月樓時，暫時寄宿在客棧裡的小白狗圍著他搖頭擺尾，汪汪叫了起來。知宵注意到，小白狗的嘴邊好像有燒傷的痕跡。他仔細看了看，好在傷口有癒合的趨勢。

小白怎麼了？知宵想了想，還是決定先回家。

回到家，知宵剛剛躺到床上，就有人忽然擰住了他的鼻子。他嚇得一下從床上彈起來，看到了青蛙怪笑瞇瞇的臉。

「好久不見，來跟我的小朋友打個招呼。」青蛙怪說。

知宵生氣的坐起來，對青蛙怪說：「我看到小白有燙傷的痕跡，一定是你把牠弄傷的，對吧？」

「那隻小白狗嗎？」青蛙怪滿不在乎的說，「牠絕對非常討厭我，真的。牠跟蹤我，銜著我汪汪叫，我怎麼也甩不掉牠，所以只好給牠一些教訓，讓牠乖乖離開。雖然牠和普通小狗不太一樣，但不足掛齒。」

一個連小狗都會欺負的妖怪，知宵也不知道該怎樣應付，他只好說：「小白是我的寵物，如果你想當我的朋友，就對小白好一點！」

「你總算明白我才是你的朋友了！」青蛙怪又笑了起來，「接下來，你還得花一些時間，把那些不相干的人從你的『朋友名單』裡踢出去。好吧，作為朋友，就不打擾你休息了。我知道這幾天你和幾個小朋友玩得很高興。祝你們明天好運！」青蛙怪拍拍知宵的肩膀，就化成一陣風消失了。

知宵長舒了一口氣，正準備躺下時，青蛙怪又突然出現在他面前，說道：「對了，忘了告訴你，我也為你和你的小朋友們準備了一個驚喜，請用充滿期待的心情好好等著吧！你們絕對不會失望的。」

「我可沒說要什麼驚喜。」知宵趕緊聲明。

青蛙怪沒有回答，再次消失。知宵在黑暗中等了一分鐘，見他沒有再回來，這才躺下，一覺睡到天亮。醒來後，他沒心思在家寫作業，決定去妖怪客棧看看。

自從派咕嚕嚕和嘩啦啦鍛鍊知宵辨別妖怪的能力後，曲江果真把教會知宵各種妖怪法術這件事情記在了心上。他還在妖怪客棧裡騰出一間空屋子當做練習室，專供知宵練習冰凍能力。知宵來到妖怪客棧之後，便鑽進練習室，按照曲江教的練起讓水結冰和製作冰雕的法術來。知宵有了很大的進步，只是茶來盯著那坨以自己為原型的冰雕塑像，氣得喵喵叫著，恨不得把知宵抓到毀容。

下午四點，沈碧波和十九星一起來到妖怪客棧，很快柳真真也來了。這次，十九星馱著知宵和柳真真，沈碧波披著羽衣，一起飛到螢火蟲先生所在的山林。等十九星抓了幾條魚之後，大家便來到白樺樹下。

沈碧波對著樹洞呼喚諾兒。沒過多久，那隻小精靈便從洞裡飛了出來。天還沒黑，諾兒沒帶小燈，她一眼就看到了十九星，不滿的挑著眉毛，對沈碧波說：「不行，她不行，不能讓她進屋，螢火蟲很討厭她。」

「放心，小精靈，我也不準備進那隻老烏龜的臭窩。」十九星說。

於是，三個孩子便提著魚再次走進山洞裡，用老辦法把螢火蟲先生叫醒。螢火蟲先生對接下來的聚會沒有一絲一毫的期待，只是對著大家一個勁兒的抱怨螞吻，大吐苦水，說螞吻不尊重他。

「今年，我一定要和他說清楚，我必須和他絕交！」螢火蟲先生不停的重複。

大烏龜螢火蟲先生在地下河裡游了幾圈，洗去累積了一年的灰塵、汙垢，然後爬上岸來，變成一個駝背老人。他按了按一塊凸出的岩石，石壁裡傳出轟響，很快就有一扇門打開，他從門裡拿出一根閃閃發亮的竹杖，然後舉起竹杖在面前畫了一圈，那個圈就變成了一道門。

「出發。」螢火蟲先生說。

大家跨出大門，一下子便來到了白樺樹下。

十九星笑眯眯的斜倚著一棵老樹，對螢火蟲先生說：「好久不見了呀！」

螢火蟲先生半天也沒說話，他咬緊嘴唇，鬍鬚俏皮的動來動去，然後毫無徵兆的「呀哈」叫了一聲，舉起竹杖直逼十九星的腦袋。

十九星輕盈的閃到螢火蟲先生身後，說道：「您果然是老了！」

螢火蟲先生轉過身，十九星又飛到樹上。螢火蟲先生爬不上樹，急得用竹杖猛敲樹幹，看起來很狼狽。

「我剛睡醒，還沒活動開筋骨，就不和你這隻臭小鳥斤斤計較了。」螢火蟲先生趕緊為自己找了個合理的藉口，聽起來也很體面。

知宵也趕緊幫忙轉移話題，說道：「我們出發吧！蝸吻先生說，我們也可以跟著您一起去參加聚會。」

螢火蟲先生看了看三個孩子，彷彿是第一次見到他們，他問道：「你們到底是誰？」等他們分別介紹自己之後，螢火蟲先生摸摸鬍鬚說：「你們當然可以和我一起去，我喜歡年輕人。不過，十九星不許跟過來！」

「翅膀和腿都長在我身上，您還能怎麼樣？」十九星故意這樣說，想惹螢火蟲先生生氣。三個孩子都看出來了，他們是多年的老朋友，而且還是水火不容的那種朋友。

螢火蟲先生果然中計了，舉起竹杖又要發作。

沈碧波擋在他和十九星之間，對螢火蟲先生說：「我母親並不是這個意思，請您不要生氣！」

「瞧瞧，瞧瞧！」螢火蟲先生對十九星說，「你兒子比你懂事多了。」

十九星撇撇嘴，最後還是決定不跟著三個孩子一起去。臨行前，她囑咐了大家幾句，然後就離開了。

這時，螢火蟲先生已經從諾兒口中得知三個孩子和嘲風打賭，還有嘲風準備收沈碧波為徒的事。他看起來很驚訝，對三個孩子說：「別看嘲風總是一副唯我獨尊、不把全世界放在眼裡的樣子。當她還是隻小獸時，我就認識她了，她骨子裡呀總是缺少自信。嘲風的兄弟姊妹都很出色，她很要強，活得比較辛苦。她不想收徒弟也是擔心自己教不好弟子。你們知道她為自己定下了很多規矩吧？螭吻天性樂觀，嘲風卻常常自我懷疑，所以，她得用那些規則武裝自己，保證自己行走在正確的路上，而且一遍遍的告訴自己做得沒錯。」

「水橫舟姊姊一定非常辛苦。」柳真真的目光轉向沈碧波，說：「你以後也會一樣。反正我只想讓嘲風暫時指導我，並不想長期跟著她修行。」

「以前，大概一百多年前了吧？那時候瑤華還在，嘲風的性子還要溫和一點。

瑤華也是嘲風的弟子，她不如水橫舟溫順、聽話，喜歡和嘲風作對。不過，無論是人、是妖，總是更看重不聽話的晚輩，嘲風當然更喜歡瑤華，瑤華也為她帶來不少歡樂。所以啊，小姑獲鳥，」螢火蟲先生突然舉起竹杖，敲了敲沈碧波的腦袋，「無論你的個性是溫順還是散漫，如果你能成為嘲風的徒弟，切記，千萬不要刻意迎合她，要想辦法讓她活得輕鬆點。明白嗎？」

螢火蟲先生又敲了敲沈碧波的腦袋，沈碧波點點頭，說道：「是，記住了。」知宵看著沈碧波彆扭又認真的樣子，一時沒忍住，「噗哧」一聲笑了起來。還沒笑完，螢火蟲先生的竹杖便落在了他的頭頂上。

「有什麼好笑的？」螢火蟲先生說。

沈碧波向知宵投來得意的一瞥。

第十二章

啓航了，載憂船

螢火蟲先生沉睡了一整年，也累積了一整年的話，他恨不得通通講出來。他恐怕有一萬歲了，所以一直在談論過去。他講述的往事太久遠，和傳說差不多。螢火蟲先生不希望任何人插嘴，如果誰打斷了他，他就拿竹杖毫不留情的敲誰的腦袋。

諾兒偏偏要影響他回憶往事，不過她個子嬌小，又非常了解自己的老朋友，甚至能預測每次竹杖會落在哪裡，螢火蟲先生怎麼也打不中她。

知宵、柳真真和沈碧波都是充滿好奇心的孩子，對出現在故事裡的著名歷史人物都異常感興趣，也常常打斷螢火蟲先生，拋出一些奇怪的問題——例如，秦始皇多久洗一次澡啦！漢武帝穿幾號的鞋子啦！唐太宗老了之後有沒有禿頭啦！宋太祖是不是對海鮮過敏啦……

然而，螢火蟲先生根本沒興趣為大家解答疑惑。最終，他們三個都乖乖閉嘴，頂著被竹杖敲出來的滿頭大包，默默穿梭在仙路裡。隱約中，知宵看見路兩旁重重的影子——房屋、樹木、道路、貓頭鷹，那些都是現實世界投射在仙路上的影像。不過，螢火蟲先生的聲音低沉、沙啞，很有磁性，語速又慢，說起話來抑揚頓挫，像音樂一樣動聽，甚至有一種催眠的功效。知宵的雙腿機械式的前進著，腦子變得昏昏沉沉，感覺自己隨時都能睡著。慢慢的，他就不知道螢火蟲先生到底在說些什麼了，只希望他不要停下來。突然，螢火蟲先生提高了聲音、加快了語速，因為他談到了蝸吻。

知宵打了個冷顫，清醒過來，發現他們已經離開仙路，來到樹林裡。當然，憑知宵的肉眼根本看不出這片樹林和螢火蟲先生住的地方有什麼區別——同樣星河滿天，同樣冷冷清清，只有蟲子和青蛙活躍著。

「老頭子我生命裡做出的最錯誤的決定，就是和蝸吻做朋友！從那天起，我就一直備受折磨！現在上了年紀，本來以為他能尊重我一下，沒想到他變本加厲，說我老糊塗了，對我的生活橫加干涉。」螢火蟲先生抱怨道，聽得出來他滿腔怒火。

「你的生活就只有睡覺而已，還是干涉一下比較好。」諾兒笑著說。

螢火蟲先生瞪了諾兒一眼，又準備拋出自己的長篇大論，柳真真趁機問道：「我實在忍不住了，必須得說話！我們還要多久才到啊？如果我回家晚了，媽媽會在我耳邊嘮叨好幾個小時呢！」

「看得出來，你是個急性子的小姑娘。」螢火蟲先生笑了起來，「但凡珍貴的事物，都需要花時間的。付出的努力不能馬上得到回報，才是正常的。欲速則不達，我們沒辦法在一秒鐘到達目的地，你也同樣沒辦法在一秒鐘之內就讓那枝毛筆乖乖聽你的話。」

「你怎麼知道我有一枝毛筆？」柳真真下意識的摸了摸背包，為了今晚的宴會，她準備了許多小道具。

「我就是知道，沒有為什麼。我還知道那枝毛筆正在慢慢甦醒，你是它的主人，它總有一天會承認你的。」

柳真真咧開嘴笑了起來，說道：「謝謝！」

螢火蟲先生也報以一笑，說道：「老頭子我做事，向來盡心盡力。既然知道你因為那枝毛筆煩惱，我就有義務分擔你的煩惱！所以，我決定講個歡樂的恐怖故事……」

「不用了！」知宵和柳真真異口同聲的說，他們倆都想到了暑假第一天——那晚在螭吻家花園裡的故事會已經夠嚇人了，居然還從天上掉下來一個嘲風。螢火蟲先生一臉很受傷的表情，感歎道：「世道不同了。以前我一提出要講恐怖故事，全村的孩子都會圍在我身邊，聽得津津有味呢！現在的孩子到底怎麼了？跳過該聽故事的年紀，直接就能長大成人嗎？」

螢火蟲先生一開口就沒完沒了，大家只好硬著頭皮聽。不過，很快的，沈碧波的一聲大吼解救了大家。

「大家快看那邊！」

沈碧波伸手指著左前方，那兒有一叢橘黃色的火光，看起來就是大暑宴會的所在地。

螢火蟲先生用竹杖圍著大家畫了一個圈。他的法力攪動了四周的落葉，它們紛紛飛了起來。一瞬間，知宵頭暈目眩，不過，很快又恢復了正常。他們瞬間轉移到了燈火所在之處。

山中的小溪流經這兒時，拐了一個大彎，泥沙便堆積在河岸邊，形成一片肥沃的土地。茂盛的野草和各種各樣的野花生長在這兒，又吸引了數不清的螢火蟲。草地旁邊有一座小石橋，橋的另一端是建在水上的涼亭和長長的走廊。無論涼亭還是走廊，都點滿了燈，燈下坐著密密麻麻的妖怪，他們要麼談笑風生，要麼舉杯對飲，河對岸的知宵也感覺到了宴會的熱鬧氣氛。

而螢火蟲先生確實覺得自己睡得太久，有些想念熱鬧的時光，於是急匆匆的奔向涼亭。知宵和柳真真跳進草叢裡，追趕著草地裡無數的螢火蟲，玩耍起來。腳下的泥土溼溼軟軟的，空氣裡夾著腐爛草葉的氣味，臉上汗如雨下，知宵覺得舒暢極了。

柳真真從背包裡拿出一張符紙，念了幾句簡單的咒語，手裡就多了個玻璃瓶，她想用來裝螢火蟲。

很快的，玻璃瓶裡裝滿了柳真真和知宵捉到的螢火蟲，玻璃瓶被螢火蟲發出的光芒染成了綠色，他們這才心滿意足的向涼亭跑去。

螭吻果然在這兒，就坐在螢火蟲先生身邊。沈碧波對捉螢火蟲沒興趣，早就到了涼亭，坐在螭吻的另一邊。螭吻的臉紅紅的，眼神迷離，看樣子已經有了三分醉意。喝醉酒的螭吻看上去有些陌生，讓知宵不由得想到了嘲風。他揮手示意柳真真和知宵靠近，讓兩人挨著沈碧波坐下。

隔著木桌上堆成山的水果、點心和菜餚，知宵看到了坐在螭吻對面的怪獸——他的五官和人類一模一樣，不過，皮膚是淡藍色的，臉頰凹陷，眼圈發黑，像是已經有一個月沒吃過東西。他穿著古人的服飾，又像剛從戰場上回來的士兵，頭上戴著的帽子像梅花鹿的腦袋，也不知道這腦袋是真還是假。這看起來很滑稽的妖怪，渾身上下卻透露出一股威嚴，因為他就是這兒的山神，也是宴會的主人。

坐在走廊裡的妖怪們都是山神的朋友。

山神察覺知宵正打量著他，也笑瞇瞇的看著知宵。知宵有些緊張的低下了頭，聽到山神說：「螭吻大人，您還是喜歡和人類來往，嘲風大人一定非常生氣吧？」

「她對我所做的任何事情都不滿意，我對她也有同樣的想法，這算是我們倆的相處方式。不過，最近嘲風變得比較有想像力了，」螭吻看著知宵、柳真真和沈碧波說，「她讓這三個孩子想辦法抓住我。我想問問，你們有辦法讓我束手就擒嗎？」

「有！但這是祕密。」知宵趕緊說。知宵擔心極了，螭吻的耳目眾多，連一向懶散的茶來對螭吻都忠心耿耿，不知道他是否了解自己手中握著嘲風頭髮的事。

「也是驚喜。」柳真真補充道，「您就好好等著吧！」

「我會的。」螭吻笑著說，「你們倆想『欺師滅祖』，我怎麼能錯過這樣的好戲？」

螢火蟲先生對面還空著兩個座位，因為還有兩位客人遲遲沒有來。

知宵餓壞了，抓起桌上的點心塞進嘴裡，嚼了幾下，哭喪著臉把它們吞進肚子裡。山神們向來都是吸風飲露，不喜歡吃五穀雜糧，食物的味道太糟糕了。知宵只好吃水果，他伸手想拿葡萄時，螢火蟲先生打了他一下，瞪著眼睛叫道：「這些都是我的，你只能吃那些討厭的桂圓！」

看來螢火蟲先生還在和螞吻賭氣，還把氣出在知宵身上了。

螞吻也注意到了這位老朋友的情緒，笑著說：「還有很多葡萄，如果你不繼續睡覺度日，這些夠你吃上一整年啦！睡覺時間太長，你會錯過很多美好的事物，我們也得遭受巨大的損失。比如說，我已經好久沒聽你講故事啦！還是你的故事比較嚇人，人類拍的恐怖電影都太小兒科了！」

螢火蟲先生聽了螞吻的奉承話，笑得眼睛頓時眯成了一道縫，他把手中的葡萄塞進知宵嘴裡，說道：「那我就講講在睡夢裡想到的一個有趣的小故事……」

知宵才不想做惡夢，他拉著柳真真離開桌子，又強拉起沈碧波，三人一起四處閒逛。走廊上，很多妖怪都醉得東倒西歪，即使三個小夥伴把菜葉黏在他們臉上，他們也毫無反應。很快的，他們就發現涼亭後有一條小路，彎彎曲曲的延伸到山上，山上隱隱有燈光閃爍。他們準備去山上看個究竟，這時，突然一陣大風吹來，風中似乎有一隻巨手把他們拉回涼亭，甩在地板上。

這陣風也讓涼亭裡變得一片狼藉，桌子翻了，食物灑了一地。螢火蟲先生的恐怖故事會也被打斷了，他又開始氣呼呼的往嘴裡塞葡萄。

那個裝螢火蟲的玻璃瓶倒了，飛出不少螢火蟲。真是太可惜了！知宵顧不得屁股疼，趕緊伸手抓住了兩隻，卻聽到一個熟悉的聲音說道：「牠們被關在瓶子裡多可憐啊！飛走了也好。」說話的竟然是水橫舟。這次她穿著一件素淡的、古典樣式的綠裙子，上身卻穿著一件皮夾克。知宵想，看來水橫舟還是沒想明白目前人類正常的穿著該是什麼樣子。

「你拚命想要留住的東西，可能並不是你想要的。」水橫舟淡淡的說，語氣中似乎有一絲落寞。

水橫舟伸手握住知宵那抓著螢火蟲的手，很快又鬆開。知宵攤開手掌，發現螢火蟲變成了一小截草莖，散發著潮溼的氣味，和那片草地的氣味一樣。

「不管你相不相信，這兒的一切——涼亭、走廊、石橋，包括螢火蟲，都是山神變出來的。古人相信，大暑節氣的時候，腐爛的草會變成螢火蟲，山神大人顯然也受到這個觀點的啟發。」水橫舟又說。

「真是個性情惡劣的孩子。」山神對水橫舟說，「你把我好不容易營造出來的美好夏夜給破壞光了！真的、假的又有什麼區別呢？不要太執著。」

「不對，真就是真，假就是假，我把一切都分得很清。」水橫舟笑了笑，「摧毀不必要的幻想是我的責任，這都是師父教得好。」

知宵這才看到嘲風也來了！但是她正忙著喝酒，沒空說話。看來，剛剛突然刮起的大風是她的出場儀式。為了讓自己的出行時時配得上自己的身分，嘲風也是煞費苦心了。

柳真真還在打量著她的假螢火蟲，沈碧波說：「都是假的，你還不把牠們扔了？」

「不扔！」柳真真說，「我覺得假的也無所謂，反正一樣會發光。其實，假的更好呢！如果是真的螢火蟲，我還會覺得有些過意不去，牠們被我關在玻璃瓶裡，說不定還會死在裡面，多可憐。這些假的螢火蟲是山神的作品，如果不被我們喜歡，才是真的可憐。」

嘲風喝完了一小壺酒，才想到應該和山神打個招呼。山神的屬下已經收拾好桌子，大家再次圍坐起來。可是，水橫舟只是站在嘲風身後，螭吻示意她坐下，她低著頭說：「我只是嘲風大人的弟子，怎麼能和大家平起平坐？」

「先生，那我們是不是更應該站著呢？」柳真真問螭吻，「我才不想，站著好累，而且像個僕人一樣！」

「你還是坐下吧！小水。」螭吻說，「今天我們大家都只是朋友，不要拘禮。」

水橫舟依然猶豫不決，直到嘲風對她點點頭，她才挨著嘲風坐下。

螭吻笑瞇瞇的對嘲風說：「其實我還有些擔心，說不定你弄不明白我留下的線索裡的意思。」

「螢火蟲、獸角、船，再加上你幾乎年年參加的宴會，意思再明顯不過了。」嘲風說。

「那你為什麼要來呢？正常情況下，你應該會反對我的任何提議。」

「確實如此，但當面反對你的提議並指責你更過癮。」

「哈哈！有道理。」螭吻把玩著酒杯，「我們很久沒好好聊天了。」

這時，涼亭邊已經圍著不少妖怪，他們一副恭恭敬敬的樣子，一直望著嘲風。他們都是嘲風的崇拜者，第一次在山神的宴會上看到這位大人物，當然想近距離一睹她的風采。螭吻第一次參加時，大家的態度也一樣，小心翼翼的打量著他，不過現在他們已經見怪不怪了。

嘲風正在和螭吻「好好聊天」，不理會崇拜者的眼神。一開始，他們還只是友好、文明的文鬥，沒過多久，他們倆就飛到半空中，你一拳、我一腳的武鬥起來。

山神作為主人，覺得自己有義務讓這對姊弟「融洽相處」，於是準備勸阻他們。螢火蟲先生說道：「他們倆永遠不可能和平相處，你還是不要自討苦吃了。」山神沒聽，飛到空中勸架，沒過多久他便逃了回來，臉上多了些瘀青和傷口。於是，他只好任由他們倆打鬥，當作是宴會的餘興節目。

諾兒圍繞著走廊飛了一圈，告訴知宵和他的朋友們，那些小妖怪正在打賭，到底是螭吻還是嘲風會贏。以目前的情況來看，支持嘲風的妖怪比較多，可能是因為她剛剛掀起的那陣風太深入人心。

趁著這個機會，沈碧波小聲對知宵和柳真真說：「我們到底應該什麼時候抓螭吻啊？」

「嘲風都親自來了，難道還要我們去抓嗎？」知宵說，「他可是我的師父，幫了我很多、很多忙，我才不想做這種事，不想恩將仇報，還有什麼欺師滅祖！」

「知宵，你真傻啊！不記得先生剛剛說過的話嗎？」柳真真說，「他說很期待看我們的表現，明白嗎？我們的表現也是這次宴會的重要組成部分。嘲風也沒讓我們停手，所以我們就得繼續下去。如果我們沒完成任務，波波就不能如願成為嘲風的弟子。你看，這裡有好多妖怪觀眾呢！多有面子呀！知宵，把嘲風的頭髮放在容易拿到的地方，等會兒聽我的命令。」

螭吻和嘲風總算回來了，打了一場之後，他們似乎暢快了不少，也暫時把矛盾和衝突拋開，坐下來非常愉快的聊天，甚至忽視了身邊的其他客人。柳真真悄悄掐了掐知宵的胳膊，示意他趕緊行動，知宵摸索著拿出了頭髮，正準備喊出命令，嘲風伸手攔住了他。

「還不到你們表現的時候。」嘲風輕聲說。

知宵的臉都紅了，趕緊把頭髮收了起來。這時，山神也站了起來，他扶了扶自己有些歪的鹿頭帽，對大家說：「時候不早了，船兒該啟航了。」

「啟航了。」

「啟航了。」

「啟航了。」

山神的命令傳遍所有賓客，大家都起身望向山頂那一團亮光。一艘縮小版的三桅帆船在空中飄著，船上點滿了小小的燈籠。它緩緩降落，最後停在涼亭前的水面上。

「我們接下來要坐船嗎？」知宵問，「但是這船太小，客人太多。」

「並不是我們要坐上這艘船。」螭吻說，「這叫載憂船，大家可以把帶來煩惱和痛苦的東西，或是不想要的東西、讓自己憂愁的事情，都扔到船上。接下來，這艘船就會沿著溪流航行，駛入不遠處的大海，最後被海浪吞沒。這象徵著海洋接管了大家所有的煩惱，大家可以拋開一切，繼續無憂無慮的生活。」

「可是，大家看起來都快快樂樂，不像有煩惱的樣子。」柳真真說，「我不知道，反正我沒有什麼煩惱要放在這船上，就算有，我也要和它一起待著，它是我的一部分，丟了不太好。」

螭吻笑了笑，說道：「這樣的心態很難得，我也一直非常欣賞你。不過，真真，並不是所有人或是妖怪都像你一樣樂觀，永遠注視著前方。人類還好，短短幾十年，要做的事情太多，匆匆忙忙，根本沒時間細想。我們妖怪就不一樣了，壽命長得多，煩惱更是沒完沒了，這種儀式暗示我們：是時候忘掉痛苦，輕裝前進了。」螭吻的目光又轉向嘲風，說：「這也是我讓你來這兒的原因。」

「你真是幼稚。」嘲風說，「我才不會做這種事！」

「你真是無趣又死板！」蟎吻說，「我就猜到你會這樣回答。」

「我死板又無趣？」嘲風冷笑一聲，「至少我不會像你這樣，年年大暑都來同一個地方，難道你沒有其他有趣一點的計畫嗎？」

山神呵呵的笑了，還輕咳了一聲，摸著鬍鬚以掩飾自己的尷尬。

蟎吻說：「總得保留些值得參加的節目啊！你連這樣的節目都沒有吧？」

嘲風生氣的拍著桌子，桌子立刻垮了，螢火蟲先生正在吃的金橘也滾落到地上。

螢火蟲先生大聲嚷道：「剛才你們一直打擾我吃東西，念在你們年輕氣盛，我就不計較了。現在又打擾我吃飯！是可忍，孰不可忍！嘲風、蟎吻，你們倆都給我安靜點！這艘船來得正好，把你們倆的爭執都扔到船上去，接下來的一整年給我友好相處！別以為你們那個不負責任的老爹不在，你們就可以任性胡來！」

嘲風和蟎吻都順從的點頭。嘲風用法力把桌子變回原形，向蟎吻投去意味深長的一瞥，隨後問道：「那你呢？來了這麼多次，這些船有沒有把你的煩惱帶走呢？」

「你知道我有更好的法子。」蟎吻回答道。

聽到了這對姊弟的對話，知宵心裡有些疑惑：既然不把煩惱放到船上，蟎吻何必每年都來參加呢？

接下來，客人們便把給自己帶來痛苦的東西，還有痛苦本身，都扔到了船上，甚至包括吃剩下的食物。

螭吻催促知宵趕緊也把自己的煩惱放上去，說道：「雖然只是象徵性的，但這艘船也有靈性，把你的痛苦告訴它，它真的會讓你變得輕鬆一些。」

知宵想了半天，也找不到可以放上去的煩惱。他這十一年生命裡最痛苦的經歷就是爸爸去世。如果心是一棟房子，爸爸離去，屋頂就破了一個大洞，外面的風風雨雨隨時都可能傷害到他。剛開始時，知宵覺得無助極了，晚上睡覺時，他會把窗戶關得死死的，總覺得危險隨時會來。可是現在，他並不想把這種痛苦送走，媽媽曾對他說過，痛苦是思念的一部分，他不想忘掉爸爸。

沈碧波倒是緊閉著雙眼，很認真的想讓帆船接納自己的煩惱。等他睜開眼睛，知宵忍不住好奇的問他想要拋開什麼煩惱。可能受到氣氛的影響，沈碧波暫時放下了矜持，回答道：「你還記得我父母的事嗎？我的親生父母？」

沈碧波本來是人類的孩子，但是長得很像姑獲鳥首領十九星失去的兒子。於是，十九星從沈碧波的父母那兒帶走了他，讓他當自己的養子。剛知道真相時，沈碧波和十九星鬧得很不愉快，還引發了羽佑鄉的大戰。後來，十九星帶沈碧波找到了他的父母，不過，沈碧波只是偷偷看了看他們，並沒有和他們相認。

「雖然羽佑鄉的事情過去了，有時候我還是會很不開心。我的親生父母有一個完整的家，我曾經屬於那兒，現在我卻變成了多餘的。他們過得很幸福，好像完全把我忘了。」沈碧波憤恨的說，「我很愛現在的母親，但她讓我沒辦法和親生父母生活在一起。我覺得很難受，我好像不屬於任何一個家。我不知道該怎麼辦，說不定，這艘船真的能夠幫我指點方向。」

「那你現在有沒有覺得輕鬆一點？」知宵問。

沈碧波悲傷的搖搖頭。這時柳真真湊過來說道：「再等等，別著急。船還沒開，恐怕要一直等到它航行到海面上，被海水吞沒，你的煩惱才會消失。在這之前，為了讓你的心情好起來，我準備了十個笑話，要不要聽聽？」

沈碧波拒絕了，不過，柳真真還是開始講笑話。她才說了一句話，就被自己逗樂了，一個勁兒的以各種各樣的方式笑個不停，知宵和沈碧波只得無奈的互相看了看。這時，嘲風也來到了涼亭邊，深吸了一口氣，閉上眼睛，她也接受了螭吻的提議，準備「幼稚的」把自己的煩惱拋開。

螢火蟲先生盤腿坐著，面朝著帆船，不過，他一直沒睜開眼睛，知宵還以為他的煩惱實在太多，直到看到諾兒生氣的踢著螢火蟲先生的鼻子，讓他快醒醒，他才知道這隻老龜又睡著了。

終於，滿載著煩惱的帆船啟航了，緩緩朝下游駛去，準備撲向大海的懷抱。

螭吻得意的對嘲風說：「這才是個像樣的假期，對不對？」

「如果你能乖乖聽話，我的假期就更棒了。」嘲風說，「說不定我還會多待兩天。」

「好了，我明白。」螭吻一臉痛苦的說，「我會回龍宮城，然後累得像狗一樣。真搞不懂你，龍宮城每天發生的都是些雞毛蒜皮的小事，何必這麼認真？」

「不是我認真，是你太吊兒郎當。」嘲風說，「還有，把我的護照還給我。」

「知宵保管著它。天吶！我還以為你已經知道了。」螭吻說。

嘲風死死的盯著知宵，知宵連聲說對不起，頭都快垂到地上了，他真擔心嘲風一氣之下會掀起一陣風，把他吹到外太空去。不過，狂風暴雨都沒有來，他只聽到嘲風說：「知宵，是時候了。」

這就是命令。

知宵悄悄掏出頭髮絲，小聲命令道：「把螭吻綁起來。」那頭髮便識趣的飛了出去，三兩下就把螭吻五花大綁，這髮絲顯然限制了螭吻的力量。螭吻先是十分驚訝，接著便笑著對知宵說：「這就是你們抓我的辦法嗎？」他的目光又轉向嘲風，說：「你贏了。」

「還沒完。」

嘲風一掌把螭吻拍到帆船上，又用另一根頭髮把他和船綁在一起，然後大聲說道：「螭吻，你就是我最大的煩惱！現在，你最好滾得遠遠的！」

第十三章

召喚妖怪的法器

「遊戲開始了。我是你無所不能的朋友。」

知宵在他那本厚厚的辭典裡尋找嘲風的護照時，看到了寫著這樣兩句話的紙條，他馬上想到了那個青蛙怪。知宵心一寒，一定是他拿走了嘲風的護照。

之前，青蛙怪不可理喻的行為，只是讓知宵覺得很無奈，並不真的讓人討厭。顯然，青蛙怪並不比一個小學生更明白，朋友不會偷偷跑進彼此的家裡，拿走屬於別人的東西。

知宵生氣的把辭典摔到地上，在房間裡大聲喊叫，希望青蛙怪出現。不過，最終他只是把媽媽吸引進來，媽媽關切的問他發生了什麼事。

大事不好了！知宵撇下媽媽，趕緊去妖怪客棧見嘲風。

螭吻家的花園裡那叢月季看起來死氣沉沉的，這正好說明嘲風心情不錯。看來，昨天晚上的那艘船載走螭吻之後，確實也帶走了嘲風的許多負面情緒。嘲風正在收拾行李，她準備延長自己的假期，出國旅遊。這次她會拋開研究和龍宮城，徹底的放鬆，她已經有一百多年沒體驗這樣的假期了。

知宵非常擔心，嘲風本來就喜怒無常，如果他把護照弄丟這件事告訴她，一定會影響她的好心情。反正嘲風一時半刻應該也不會回龍宮城，知宵猶豫了半天，決定如果嘲風不問護照的事，他就不說。

可是，這件事情憋在心裡，真是讓他難受。保管護照是他的責任，他弄丟了護照，不僅對不起嘲風，更是讓螭吻失望。對知宵來說，來自螭吻的信任，比螭吻送給他任何其他有形的東西都要可貴，而他卻輕易就讓它從手心裡溜走了。一想到這兒，知宵就覺得氣血上湧，簡直快哭出來了。

這時，知宵感覺到腳邊有什麼東西，低下頭便看到了小白狗。牠一定察覺到主人的情緒起伏，正試著安慰他。知宵把牠抱在懷裡，摸著牠的腦袋，發現小白狗嘴上的傷口還沒癒合。

嘲風這時也從樓上下來了，小白狗又對著她汪汪叫了幾聲，這次嘲風沒有抓狂的要把小白趕走，她來到知宵面前，望著小白狗，過了好一會兒，才一臉嚴肅的對知宵說：「發生了什麼事？」

知宵的心一沉，看來嘲風已經知道護照遺失的事。他正準備開口解釋，嘲風又問：「這隻小狗的傷口是怎麼來的？」於是，知宵便把青蛙怪的事情告訴了嘲風。聽完知宵的話，嘲風的表情逐漸變得嚴肅起來，這讓知宵的心情越來越沉重。事情到最後也沒辦法了，他只好把護照被青蛙怪拿走的事也說了出來。接著，他至少一連說了十次「對不起」，然後把腦袋埋在胸口，身體也縮成一團，等待著嘲風的責備如同狂風驟雨一般降臨。

「這一切都是我的錯。」知宵悲觀的想，「如果當時我沒有鬼使神差的爬上青蛙怪的車，他就不會一直纏著我，也不會知道我暫時保管著嘲風的護照。」他越想越難受，對自己感到失望透頂。同時，他的情緒一失控，就不太能控制自己的身體，體溫也逐漸下降。

這時，嘲風輕聲但非常嚴厲的說：「知宵，快停止胡思亂想，把頭抬起來，把白髮收回去。」

知宵努力讓自己平靜，心跳得很快，可是越逼迫自己，體溫就下降得越快。雖然他看不到，不過，他明白自己頭上的白髮越來越多了。嘲風只是冷冷的看著他，目光裡還帶著些許鄙視和不耐煩，從來沒人用這樣的眼神看過他。這深深刺傷了知宵，也讓他心裡湧起滿滿的不服氣。

「看不起我嗎？覺得我像晚上尿床的小孩子一樣控制不住自己？我就要好好表現給你看看。」

奇怪？知宵感覺到自己竟然慢慢冷靜下來，體溫也逐漸恢復正常。他鬆了一口氣，才發現自己滿臉都是汗珠，當然，這也可能是空氣中的水汽遇到他冰冷的臉凝結而成的。

嘲風的目光又變得親切起來，問道：「那個青蛙怪是主動找上你的，對吧？」

知宵點點頭。

「這就沒辦法啦！這個青蛙怪好像並不喜歡接觸人類、妖怪或者……所有生物，但是，如果你被他看中，就是想逃也逃不了，所以，不能指望你能夠對付得了他。知宵，我得問你一句，他找過你好多次，對吧？你和他有過肢體接觸嗎？」

知宵仔細回想了一下，他想到那次青蛙怪變成小青蛙時，自己把他捧起來放進玻璃瓶中——那是他唯一一次直接接觸青蛙怪。當時，青蛙怪看起來好像也很驚恐，一定要看看知宵的手掌。於是，知宵把這個小細節告訴了嘲風。

「那你有沒有覺得皮膚難受，像被火燃燒一樣？身上有沒有留下小白狗那樣的傷痕？」

「沒有。」知宵說。

嘲風笑了起來，說道：「你不像別人那樣容易受到傷害，所以他也不想傷害你。或許他從第一次看到你時就發現了，你說過，當你們張貼宣傳單時，大家都感到了悲傷，你卻沒有感覺到，對吧？他用氣味影響了大家，而你在這一方面向來比較遲鈍。這倒是讓我想到了一個老朋友。」

嘲風沒再繼續說下去，只是輕輕歎了一口氣。

「那護照怎麼辦？」知宵小心翼翼的問。

「知宵，你弄丟了我的護照，當然也有過失，不過，我不會處罰你，因為是螭吻把它交給你的，若要懲罰你，也不該由我來，而該由螭吻。我只需要懲罰螭吻就行，比如，給他關個十年的禁閉；讓他在龍宮城蹲個十年，他絕對會難受得像丟了半條命那樣。」嘲風笑了笑，「當然，我也有錯，無論是你還是這小狗，或者那兩隻同樣受傷的山妖，都在我的眼前、我的身邊，我卻沉浸在自己的煩惱裡，完全沒注意到你們，這與我的身分和形象不合。想想看，那個混蛋說不定最近一直在觀察著我，我卻沒有發現他！知宵，如果那個青蛙怪再來找你，一定要通知我，我得和他當面談談。」

嘲風伸手從知宵的衣服裡掏出他的項鍊，這是知宵的曾祖母留給他的禮物，也是他身為妖怪客棧小老闆的信物。這是一塊乳白色的玉佩，和甜甜圈一樣的形狀，上面星星點點散布著其他色彩，摸起來冰涼冰涼的。之前山羊妖曲江告訴過知宵，這是平安扣，自古以來就是很常見的飾物。

嘲風仔細看了看這個平安扣，說道：「你一定不知道它到底有什麼用吧？」

「保護我的平安？」

「不僅如此，其實它是一種妖怪召喚器。」

嘲風收回手，咬破指尖，一滴血落在平安扣上，血滴馬上暈開，慢慢變成碧藍色。

「哈！我喜歡這個顏色。」嘲風說，「如果你遇到了那隻青蛙怪，就伸手握著這塊玉佩，只要心裡想到我，我就會感應到。我能以平安扣為媒介，立刻出現在你面前。」

知宵半信半疑的握著玉佩，嘲風繼續說：「你不是有兩隻山妖跟班嗎？讓他們也像我這樣做，你就能隨時隨地見到他們。他們的血滴在玉佩上，可能又會產生不同的顏色喲！與你建立聯繫的妖怪越多，玉佩的顏色也越斑斕。」

「那您知道這上面已經有的顏色都代表誰嗎？」知宵問。

嘲風搖搖頭，說道：「可能是前任主人留下的，對你來說沒有用處，因為你不知道是誰，也沒辦法想他們，就無法召喚他們。不過，如果你有機會知道這些色彩的主人，記得清除他們的血跡，這種聯繫也是束縛，沒有誰會真正喜歡的。反正這次事件結束後，我就會把自己的血清除掉。」

知宵點點頭，讓嘲風放心，又把平安扣放進衣服裡。它緊貼著知宵的胸口，似乎有某種力量讓它聯結了知宵的心。這時，嘲風把行李箱裡的東西一一拿了出來，知宵問道：「您不出門旅行了嗎？」

「妖怪法則第九條，一件事情若沒結束，就不要計畫下一件事情。現在還不是時候。」

知宵忍不住又說了一聲「對不起」。

嘲風道：「你到底還要自責多久？我可不會安慰你。犯了錯一個勁兒道歉是逃避責任的表現。道歉也是自責，透過自責來示弱，別人就不好繼續責怪你。這種想法很可恥，明白嗎？」

「明白！」知宵大聲回答，不自覺的挺胸、收腹，感覺自己像接受長官命令的士兵。接著，他又接受了下一個命令，動作僵硬的離開螭吻家，小白狗並沒有跟著他。

等知宵離開後，小白狗開口對嘲風說：「看起來，那個沒有氣味的怪物是你的老朋友？」

「算是吧！」嘲風回答。

「那這一切都是因你而起的吧？汪！你竟然還怪我家知宵。汪汪！」小白狗幾乎跳了起來，看起來，牠小小的身體已經裝不下對嘲風的不滿。

「既然已經知道他不尋常，你不也沒告訴我嗎？」嘲風對小白狗說，「你家知宵？真是好笑。他壓根兒不知道你是誰吧？你真的要一直當他身邊的小寵物狗嗎？真是盡職盡責呢！你是不是也感覺自己被束縛住了呢？」

「我沒有，只有你這個怪胎龍女討厭被各式各樣的聯繫糾纏，連個徒弟都不肯收，明知我們單單靠自己，就算能夠活下來，也活得不痛快。知宵的選擇、想法和行動，他的成就和他的錯誤，都和我不相干，他是一個還在成長中的獨立個體。我嘛！本身就不是為了他才來到這兒的，只是巧合，懂吧？我在冬眠，那個沒氣味的混蛋跑到我家門口唉聲歎氣，吵得我睡不著，我當然得搞清楚他到底是什麼東西；就這樣無意中遇到了知宵，才順道想來看看他。我可不是單純的寵物，我現在對知宵的一切都瞭若指掌。」小白狗說，「比如說吧，我知道你對他說過，如果掌握不好自己體內的雪妖力量，他的身體就會崩潰。誰告訴你這個歪理的？正是他身體裡的雪妖力量才讓他無比強大，比普通人類厲害得多，也會享有比普通人類更長久的生命。」

「這個嘛！我只是想讓他有危機感，危機感會迫使他更能好好的掌握自己的力量。」嘲風輕描淡寫的說，「該教他的人撒手不管，我只好親自幫幫忙。你瞧見沒？剛剛他可是靠自己的力量控制住了喲！這恐怕還是他生命裡的第一次。當然，這完全是我的功勞。」

「少自大了，汪！真是，一秒鐘也沒辦法繼續看著你，汪汪！我要出去散散步，讓風把你的臭臉從我腦子裡吹走。」

「你一定是想跟蹤知宵吧？」嘲風戲謔道。

「不會。汪！」小白狗咧了咧嘴，似乎對開口、閉口都得說上一個「汪」字很是惱火。

「真的？」

「當然。汪！畢竟我現在只是寵物狗，不能替他解決問題。而且，你不是已經安排得滴水不漏了嗎？這是你帶來的問題，當然得由你解決，而我清楚的是，不管那個混蛋是不是你的朋友，憑我這幾天的觀察，他都不會傷害知宵。如果他是想利用知宵傷害你，我倒是求之不得呢！」

小白狗說完，轉頭朝大門走去，非常艱難的打開了門，再從門縫中擠出去。沒過一會兒，牠又擠進門裡，有些猶豫的對嘲風說：「昨天你好像和螭吻去那個不務正業的笨蛋山神家裡胡鬧了一夜……你把她丟在那艘船上了？」

「沒錯。還把他五花大綁了呢！」

「我說的不是你那個笨蛋弟弟。」小白狗甩了甩尾巴，「我指的是瑤華。因為她的事，我還沒有原諒你，你明白嗎？」

「我知道。」嘲風的眼神中閃過一絲悲傷，「她不是憂愁和痛苦，我怎麼會把她拋下？」

小白狗沒有說話便離開了，還用實際行動推翻了自己剛剛講的大話，牠果然悄悄的跟著知宵。

此時的知宵手裡握著那塊石頭，嘴裡念念有詞，小白狗馬上便明白他在做什麼了。

第十四章

鼠妖的過往

「你心裡想到我，我就會出現。」嘲風這樣說過，她也說過平安扣上還留下了許多其他妖怪的資訊，其中會不會有曾祖母的呢？於是，知宵按照嘲風的指示，想召喚出曾祖母來，幾分鐘過去了，沒有人出現。看來，曾祖母的血不在上面，就算在，知宵從來沒見過她，沒有相關的記憶，就不可能真正想到她。

知宵有些沮喪的回家，不禁想起剛才的事。嘲風的態度嚴厲，但根本算不上是發脾氣，這讓知宵覺得更愧疚。知宵想起，自己本來應該打聽一下青蛙怪的真實身分，以及他和嘲風有什麼仇怨。當他來到社區門口，看到站在樹下的螭吻。螭吻笑嘻嘻的朝知宵揮手。

知宵早就想到，螭吻不可能一直被嘲風的兩根頭髮綁著無法脫身。就算他隨船沉入海裡，他本來就生活在海裡呀！一定不會被淹死。所以，知宵知道螭吻很快就會來找他算帳。知宵的耳邊似乎還能聽到，昨天晚上螭吻被扔進船裡時，圍觀的妖怪們都在哈哈大笑，還有妖怪對知宵指指點點，畢竟，知宵背叛了自己的師父啊！

知宵默默的來到螭吻身邊，說道：「對不起，師父。」

糟糕，嘲風好像說過，道歉是逃避責任的表現。

「一句『對不起』就可以彌補你的錯誤嗎？李知宵。」螭吻尖刻的說，「我非常生氣，決定把你逐出師門，並且不再充當你那破客棧的保護者，今後，你自己看著辦吧！」

螭吻要放棄金月樓？這還得了！雖然那只是一間破客棧，但不少妖怪對它虎視眈眈呀！螭吻轉身就要離開，知宵幾乎撲了過去，拽著他的衣角，苦苦哀求，差點就要掉眼淚了。

今天真是不走運，竟然惹得他認識的兩位最高貴的神獸生氣！

螭吻「噗哧」一聲笑了出來，知宵鬆開手，有些疑惑的望著螭吻的背影。不對，這不像是螭吻。難道是青蛙怪？知宵立刻警覺起來，伸手握住胸口的平安扣。

「螭吻」也轉過頭來，看到知宵一臉嚴肅，便笑著說：「小老闆，別緊張，我是柯立。」

柯立拉著知宵鑽進一旁的小巷子裡，見四下無人，他變回了知宵熟悉的樣子：上半身一件萬年不變的夏威夷衫，下半身一條皺巴巴的短褲，腳上套著一雙人字拖。

鼠妖柯立是妖怪客棧的經理，同時還有一份兼職——在人類世界裡當設計師。與同事和客戶見面時，他總是西裝革履，風度翩翩。不過一離開工作，他就變得不修邊幅，像換了個人似的。知宵總懷疑他有雙重人格。

最近發生了很多事，知宵感覺自己好像很久沒見過柯立了，甚至差點忘了柯立是他在妖怪客棧裡最好的朋友之一。

欣喜暫時掩蓋了難過，知宵問道：「對了，你留下紙條，說要離開一段時間，你的私事都忙完了嗎？」

「馬上就會結束，但不知道結果。」柯立意味深長的說。

「你怎麼知道螭吻的事？」知宵又問。

「天哪！你不知道這件事情已經在妖界傳遍了嗎？不過你放心，真正的螭吻大人絕對不會像我剛剛那樣對你，他的心大著呢！坊間流傳著一本叫《螭吻逸事》的書，記載著他這些年來經歷過或者別人編造的所有笑話，這不過又是其中一個笑話而已，我們都習慣他不按常理行事了。」

柯立的話總算是讓知宵安心了一些，這時，巷子的另一頭又鑽出三個七、八歲的小孩子，一律都是圓圓的臉，長著兩顆又大又長的門牙，身上分別穿著紅色、綠色、黃色的短袖衫，彷彿隨時可以到十字路口幫忙指揮交通。

這就是柯立的三個姪子——包子、饅頭和餃子，其實他們都是成年的鼠妖，不過，他們喜歡變成小孩子的模樣。他們用食物取名字，自然也把吃東西當成生活中最重要的事，所以都長得胖乎乎的，只是和上次見面時相比，現在的三隻小鼠妖好像瘦了一點點。

他們三個賊眉鼠眼的四下張望，嗅來嗅去，最後包子才說：「這兒沒有危險。」

「你們遇到麻煩了嗎？」知宵問，「有沒有什麼我能幫得上忙的？」

「小老闆，就知道你絕對會幫忙，所以我們才來找你。」包子開口說道，接著把目光轉向自己的叔叔。

「唉！小老闆，我送你到家門口吧！我們邊走邊說。」柯立深吸了一口氣，「我們有一件很重要但很不光采的事情沒有告訴你、沒有告訴曲江、沒有告訴任何房客，而現在我們必須向你坦白。」

事情聽起來非常嚴重，知宵不禁屏住了呼吸。這需要坦白的重大祕密，是否和柯立及他的姪子們近來的失蹤有關呢？

「五十年前，我們還是龍宮城的老鼠。」柯立自顧自說了起來，「我們四個住在龍宮城裡，沒事就咬咬龍宮的燭臺什麼的。雖然還沒有成精，畢竟是龍宮城的老鼠，身上也帶著些靈氣。回想那時候的日子，真是吃喝不愁，不用工作，生活環境又好，美妙極了。我們一直以為龍宮城是離天堂最近的地方。」

「那你們為什麼要離開那兒，來到妖怪客棧呢？」知宵問。

「我們偷吃了嘲風大人煉製的丹藥，五臟像被火燒著了一樣，難受了幾天，不小心就成精了。成精之後一時高興過了頭，不小心又把嘲風大人很珍惜的一幅古畫咬壞了。」柯立簡短的說，「嘲風大人火冒三丈，全城搜捕我們，最後我們裝成普通老鼠混進出城的垃圾車裡，逃離了龍宮城。之後，我們一直安安分分的過日子，但一直離嘲風大人和她的屬下遠遠的。其實，今年春天，當螭吻先生第一次出現在金月樓時，我們就有些不安，不過，反正螭吻大人不拘小節，也不會在乎這樣的小事，再說，那時候他也不在龍宮城裡。可是，不久前嘲風大人醉酒掉進螭吻大人家裡，我們就明白不能繼續住在金月樓，就連夜收拾東西逃跑了。」

原來如此。鼠妖們的失蹤竟然是為了躲避嘲風的責罰。

「接下來的日子就是餐風露宿，漂泊不定，受盡欺侮。」饅頭哭喪著臉說。他的表情和語氣都太誇張，知宵不太相信他的話。

「並沒有。」柯立糾正道，「我有不少存款，也有謀生能力，我的三個姪子雖然貪玩又不學無術，也能打工養活自己。我們計畫搬到一個新家，離金月樓遠一點，不過，實在沒有哪個地方能像妖怪客棧那樣住得自在，所以，商量了一下，還是決定回來。」

「我們不能一直躲下去，我說不清楚原因，但總覺得一直躲著很窩囊。」餃子握著拳頭說，「雖然現在過得還不錯，我們不再是當年只知道咬蠟燭的小老鼠了！除了吃東西和磨牙，還應該有其他的追求。」

「我們是老鼠，習慣在黑夜裡活動，躲在陰暗的角落裡生活，即使成精了也改不了這個習慣。但我們希望，即使在黑夜裡，我們也能光明正大的生活。所以，我們想親自找嘲風大人，隨便她怎樣處罰我們都行，她不原諒我們也沒關係，但我們必須讓她承認我們的存在。」柯立目光堅定的望著知宵說，「我們準備詳細告訴她這些年的生活，讓她明白我們並沒有白白浪費她的丹藥。不過，嘲風大人的脾氣是有名的暴躁，我們擔心在還沒解釋之前，她一怒之下就把我們踩死了。所以，小老闆，希望你能和我們一起去，幫忙勸嘲風大人，請她腳下留情。」

知宵覺得有些為難，因為他才剛把嘲風的護照弄丟，擔心自己去勸阻嘲風，嘲風也會連他一起踩得粉碎，可是，四隻鼠妖都用期待的眼神望著他。

連知宵都感覺到了鼠妖們緊張的心情，他不得不重複提醒坐在面前的三隻小鼠妖，他們的耳朵正慢慢變回原形。

變回原形？知宵又想到自己一緊張體溫就降低，不也是為了回歸到自己最舒服、自在的狀態嗎？

知宵想了想，點點頭說：「你們不要怕，我也不應該害怕。柯立，現在還有時間，不如我們馬上去妖怪客棧，大膽的跟嘲風坦白吧！」

「小老闆，謝謝你！」柯立用一種「知宵果然長大了」的眼神望著知宵，三隻小鼠妖也滿懷感激的看著他。

但是，一個女孩不經意的出現，破壞了所有的氣氛。這個女孩不僅渾身都穿成黑色，連嘴唇也塗成了黑色。這當然是水橫舟，她的審美觀又一次出現了問題。她迎面走來，看到知宵，便打了個招呼。四隻鼠妖認出了她，頓時嚇得一個字也說不出來。

水橫舟並沒有看四隻鼠妖，只是對知宵笑瞇瞇的說：「知宵，今天早上，螭吻回龍宮城了，看樣子準備專心工作。師父最近老是一個人跑出去，我也想在這個人類的城市裡隨便逛逛。我特地來找你，想問問你有沒有什麼好玩的地方推薦給我？」

知宵說了幾個有名的景點，又問道：「螭吻先生有沒有說起昨天晚上的事？有沒有生氣？」

「他好像很高興，還說你們這樣才像他的弟子。他和我們不一樣，不會因為旁人的看法而影響自己的想法。」水橫舟頓了頓，又說，「但不是所有妖怪都像蝻吻那樣寬宏大量的。有些妖怪在龍宮城裡幹的好事，嘲風大人可是時時刻刻都惦記著呢！」

水橫舟看似不經意的瞅了瞅幾隻鼠妖，饅頭實在忍不住，哇哇大叫起來。這一叫，四隻鼠妖的人形再也維持不住了，「吱」的一聲都現出原形，一溜煙的消失了。

唉！鼠妖們好不容易鼓起的勇氣，被水橫舟嚇得全沒了！

知宵問：「你要把他們抓起來嗎？」

水橫舟撇過頭去，說：「當然了！龍宮城的大、小事情我也負責幫忙管理，這幾隻小鼠妖的把戲，我怎麼可能不知道？」

知宵急了，趕緊說：「他們已經準備跟嘲風大人坦白了。他們是我的房客，也很真誠，我相信他們。請你給他們一個機會，不要急著把他們抓起來，先聽聽嘲風大人怎麼說，可以嗎？求求你，水姊姊！」

水橫舟沒有說話，沉默了一會兒，說：「真拿小孩子撒嬌沒辦法。這樣吧！我們還是先回金月樓，向嘲風大人稟報情況。至於是不是要替鼠妖求情，你就自己決定吧！」

知宵深深吸了一口氣，決定勇敢的負起責任來。然而，他還來不及重重的點個頭，一隻巨型青蛙毫無徵兆的從屋頂上跳下來，擋在他面前，知宵嚇得叫了起來。

水橫舟把知宵拉到身後，對巨型青蛙說了什麼，知宵沒有聽清楚。只見巨型青蛙咧開大大的嘴巴笑了起來，慢慢消融在空氣裡。這時，知宵身邊的景物也變得模糊起來，他感覺自己好像正迅速的穿過廣闊的空間。

知宵睡著了。

第十五章

怪屋中的遊戲

知宵睜開眼睛時，發現自己躺在一間奇怪的房子裡——搖搖晃晃的木床、木地板、木頭圍成的牆壁、歪歪斜斜的窗戶、長著蟲眼的木柱子、房間角落裡狹窄的木樓梯。他每走一步，地板就會發出「嘎吱嘎吱」的響聲。這房子太老太舊了。

這是什麼地方？自己為什麼會在這兒？知宵的頭有些疼，怎麼也想不起來，他覺得自己應該是遭到暗算，然後被綁架了。

糟糕，曲江最擔心的事情還是發生了！

窗戶並沒有上鎖，卻怎麼也打不開，知宵扶著牆壁，小心翼翼的來到樓下，發現一扇門，但同樣打不開，不由得氣急敗壞的踹了那扇門幾腳。他走進樓下的另一個房間，竟然看到了沈碧波和柳真真，沈碧波正盯著牆上的照片出神，柳真真趴在鎖住的窗戶上。

「你發洩完了嗎？」柳真真說，「我剛剛也踢了那扇門好幾腳。」有熟悉的人在身邊，知宵頓時覺得輕鬆了些，說道：「我們這是在哪兒？」

「哈！原來你也不知道！」沈碧波尖刻的說，「我和柳真真可都是因為你才會被帶到這兒來的！」

「因為我？」知宵一臉茫然的問。

「那隻糾纏你的青蛙怪！」沈碧波提醒道。

知宵的記憶完全恢復了，他想到自己和水橫舟一起回金月樓，半路上青蛙怪帶走了他。沈碧波的臉受了傷，看起來像是被火灼傷過，這確實是青蛙怪留下的傷口。他帶走他們三個人，到底有什麼目的呢？只是他帶走柳真真和沈碧波，絕對不是為了給知宵找個伴。

「告訴你一件事，」柳真真對知宵說，「當青蛙怪出現在我眼前時，我能感覺到背包裡的毛筆好像非常生氣，甚至覺得它馬上會醒過來，把青蛙怪抓住！雖然我不知道青蛙怪的真實身分，但我的毛筆確實非常、非常討厭他。」

知宵四下看了看，沒發現那枝毛筆，就問柳真真：「你的毛筆在哪兒？」

「不見了，一定是青蛙怪拿走的！放心，最近我和那枝毛筆正慢慢熟悉起來，它一定會想辦法找到我的。」柳真真自信的說。

「青蛙怪到底想要怎麼樣？他有沒有來過？」知宵問。

柳真真搖搖頭，說：「他沒來。我們三個人中，我最先醒過來，但我沒看到他。不過，他遲早會出現，我們只需要等待。」

「我才不願意等！」沈碧波說，「從小到大，都是別人等我！」

「不願意等也沒關係，你還可以發脾氣嘛！」知宵開玩笑說。

沈碧波瞪了知宵一眼，一屁股坐在椅子上，使勁拍打那張看起來滿是汙垢的桌子，桌子和椅子同時發出嘎吱的響聲。柳真真招呼知宵來到窗前，讓他把耳朵貼上去。知宵照做了，隱隱約約聽到窗外有細細的流水聲，看來他們是被關在水邊。

知宵的目光又轉向掛在牆上的照片，那是一幅山水風景照，和這個古典風格的破房間一點兒也不搭。奇怪？照片裡的水好像在緩緩流動，深山中霧氣繚繞，山上隱約有棵老樹的樹枝在隨風飄揚。他來到照片前面，盯著灰濛濛的天空，看到一隻鳥兒從照片的左邊飛進來，在右邊消失。

「這張照片是活的！」知宵大叫道。

「我早就知道了，不過是小小的法術。」沈碧波不屑的回答。

「也有另一種可能。這張照片相當於攝影鏡頭，我們透過它看到了某個山坡上的景色。」柳真真補充道。

這也是這棟封閉的房子裡唯一有意思的東西。知宵一直盯著那張照片看，發現三隻鳥兒飛過天空。突然，他感覺畫面在輕輕抖動，似乎有什麼東西藏在裡面。知宵後退兩步，看到一團半透明的藍色物體從照片裡衝出來，撲向自己。他伸手擋在面前，馬上感覺到像羽毛一樣輕柔的物體拂過自己的臉——那是一隻沒有實體的海豚，牠徑直穿過了知宵的身體，繼續在空中擺動著尾巴前進，消失在對面的牆壁裡。

接下來，更多半透明的海洋生物從四面牆壁、天花板以及地面鑽出來，本來單調、沉悶的屋子頓時變得熱鬧且生機勃勃，三個小夥伴的心情也舒暢多了。可是十分鐘之後，影子不再鑽出來，屋子又變得沉悶、無趣。他們都有些不高興，默默的圍坐在木桌前。百無聊賴的知宵無意中摸到了胸口的平安扣。

「你心裡想到我，我就能出現在你面前。」嘲風的聲音似乎就在耳邊。

這平安扣比撥打一一〇還要方便，而且它召喚來的還是嘲風，她一定能輕鬆的幫大家擺脫目前的狀況。可是，嘲風說過，只能在遇到青蛙怪時才可以使用平安扣聯繫她。毫無疑問，青蛙怪抓住了他們，但他還沒出現。知宵鬆開平安扣，決定先看看情況再說。

這時，沈碧波輕輕哼了一聲，知宵轉過頭，看到他正用手摸著臉上的傷口。

「你是不是很疼?」知宵問。

「不是,但比疼痛還要難受。」沈碧波說,「他想把我抓走時,我反抗了一下,當時他伸手在我臉上碰了一碰,就留下了這個傷口。他還碰過路邊的一棵樹,樹上就掉下好多葉子。不知為什麼,我覺得他很可怕,當他看著我的時候,我好像在他眼睛裡看到一隻怪獸,那隻怪獸想把我生吞活剝。那隻青蛙怪渾身上下充滿了邪氣。」

「我也有同樣的感覺。」柳真真說,「還記得我們貼宣傳單那天的事情嗎?我們並沒有看到他,天知道他離我們有多遠,但他還是能夠影響我們的心情。他帶走我時,也是我第一次近距離接觸他,感覺和他待在一起太久,整個人都會充滿死亡、腐敗的氣息。怪不得我的毛筆會激動起來,它本來就是驅妖的寶物,一定很想淨化那隻臭氣熏天的青蛙!」

「只是見過一次,對我的分析居然抓住了重點,你們比我想像的要聰明,但沒什麼意義。」

青蛙怪的聲音從隔壁房間傳來,接著就出現在門口。此時的青蛙怪化成了人形,一如既往的穿著黑色短袖衫,若是混在人群裡,毫不起眼。有一瞬間,知宵覺得他的身體好像變成透明的,但這種感覺很快就消失了。

「你到底是誰?為什麼要抓我們?我的毛筆呢?」柳真真叫起來,問了一串問題。

「你應該知道我的身分吧！冒犯我沒有什麼好下場！」沈碧波也說，「快放我們出去！」

只有知宵一言不發，他正考慮著召喚嘲風，便悄悄伸手摸到平安扣。青蛙怪的目光突然轉向知宵，好像看透了他的想法，知宵又鬆開了手。

「小朋友滿腦子都是問題，又恨不得馬上得到答案，真是令人難以招架。我可沒興趣滿足你們的好奇心，也沒耐心聽你們嘰嘰喳喳說個不停，最好在我生氣之前乖乖閉嘴。」青蛙怪笑著說。

沈碧波扭頭瞪了知宵一眼，眼神彷彿在說：「都是因為你！」

知宵非常無奈的撇了撇嘴，心想，自己可沒這麼大的能耐，讓這隻神祕的妖怪這麼費心。

「我知道你想幹什麼，一切都是因為嘲風，你想用我們威脅她，對吧？」知宵說。

「看來嘲風向你透露了一些舊事。」青蛙怪說。

「只有一點點。我猜你們很早就認識了，但不是什麼朋友，還有很深的過節，你想要報復嘲風。」知宵說，「我們三個只是碰巧被你選中的倒楣蛋。不公平！既然我們之間沒有仇恨，你至少應該告訴我們你叫什麼名字吧！」

「哈哈哈！原來是想知道我的名字。我叫江元。」青蛙怪總算透露了一點關於自己的資訊，「名字沒什麼意義，知道了也沒用，你們也沒辦法用這兩個字害我。知宵，你猜得也不錯，我確實想利用你們對付嘲風，交換我想要的東西。」

「你想要什麼？」柳真真問。

江元笑著搖搖頭，說道：「我剛剛強調過，我不會回答任何問題。說一件讓你們高興的事，嘲風和她的小嘍囉正在四處找你們，而且非常著急，像天快要塌下來一樣。只是三個人類孩子，也沒什麼特別之處，這個世界對你們太重視、太寬容了，你們不是倒楣蛋，而是中了大獎的幸運兒。放心，等拿到想要的東西，我就會放你們走，絕對不會傷害你們。」

江元來到那幅山水風景照前，凝神盯著它。趁這個機會，知宵悄悄的、慢慢的退到牆角，伸手握住平安扣，在心裡描繪著嘲風的樣子。她應該待在實驗室裡，埋頭在一堆燒瓶中，任何人進去打擾她，都會被她搧飛。

可是，光這樣想一想，真的能召喚出嘲風嗎？知宵對自己和這塊能召喚妖怪的玉佩，真的沒多少信心。

「嘲風大人，我找到他了！快過來，快過來。」知宵在心裡念道。玉佩裡似乎有細微的能量湧動，知宵心裡一喜。這時，一陣微風拂上他的臉，嘲風真真切切的出現在他的面前了。

知宵成功了！不清楚狀況的柳真真和沈碧波，顯然大吃一驚，柳真真甚至叫了出來。

江元回過頭來，帶著一臉笑意注視著嘲風，歪著頭說：「一百多年了，你從來沒看望過我，但我有把握會讓你主動來找我。」

「沒錯，雖然我來找你了，我還是不太想看到你的臉。」

嘲風伸手撥弄了一下有些淩亂的頭髮，抹平衣服上的皺褶，靠近江元，看著照片中的景色，說道：「可惜你永遠找不到她，她也不會主動找你了。」

「是啊！我多可憐又多可悲，只能遠遠的對著她的遺體哀歎。這一切都怪你。」

「我不怪你這麼想，江元。」嘲風坐在那把嘎吱作響的椅子上，「當我心情很糟糕時，有時候會想到她，有時候也會怪你。」

怎麼回事？「她」是誰？青蛙怪江元和嘲風到底有什麼恩怨？知宵他們一點也聽不懂。

嘲風半瞇著眼睛，看了看汙跡斑斑的桌面，說道：「這片油漬，如果我沒記錯，好像是我喝湯時留下的，那還是你熬製的雞湯，味道糟糕透了，至今也令人難忘。誰能想到都過了一百多年了呢？」她又環視了一下四周，「這兒一點兒都沒變，你雖然不在，倒是把這兒保護得很好。你是怎麼做到的？明明沒辦法離開那個山洞。這些年這兒改變了不少，新修了不少房子，你怎麼把這棟房子藏起來的呢？」

「在嘲風大人心裡，難道我就不能有一、兩個可以幫忙的朋友嗎？託你的福，這兒也是我唯一能夠保護的地方。看看這扇窗戶，」江元來到窗前，輕輕撫摸著窗櫺，「當年我就站在這扇窗子外，打量著窗戶裡面。那天下著大雨，當然，雨對我的身體沒什麼影響，只是讓我的心情變得有些糟糕。之前，我從來沒被邀請過進入任何一所房子裡。是瑤華看到了我，她來到窗前，對我說：『進來避雨吧！』」

「瑤華啊！在那樣的場合，甚至會對自己的敵人說同樣的話。」嘲風輕輕笑了笑，「她知道這個世界充滿惡意，一直在和這些惡意鬥爭，可是她心裡只有善良。我和你都做不到，我們都很記仇。但是，無論怎麼說，都不關這三個孩子的事。你挾持他們來威脅我，幼稚又愚蠢。你應該明白，我向來只關心自己，還有龍宮城的正常運作，他們只是三個人類孩子。」

「你不是來了嗎？你很擔心發生在瑤華身上的事情，同樣也降臨在他們身上吧！」江元說，「雖然表現得很輕鬆，但我知道，這一百多年來你也不好過。拚命工作、工作、工作，什麼守護妖界的安寧？你讓自己忙得團團轉，不過是想掩蓋心中的愧疚。但悔意並不會因此而消失，現在你快崩潰了，我都明白。」

知宵、柳真真和沈碧波都縮在角落裡，默默聽著他們倆的談話，心裡思索著他們之間到底有著怎樣的過往，思索著瑤華在其中扮演了怎樣的角色。

這時，嘲風轉過頭來看著他們，說道：「不關你們的事，我先送你們回去。」嘲風伸出手在眼前畫了一個圈，想用妖力在這兒打開一扇通往金月樓的門。可是，無論她怎麼畫圈，門也沒能出現，她的法術似乎失效了。嘲風皺起了眉頭。

「哈哈！這是我的地盤，可不會讓你隨意使用妖力。」江元得意的說，「這棟房子就是牢籠，我想要關的當然不是這三個小朋友，而是你——嘲風。你知道，他們只是誘餌，也該想到我會設下陷阱，可是你還是來了。等等，應該說因為你關心他們，還是說你腦子不靈光呢？有一段時間我還崇拜過你，想來真是可笑！」

嘲風拍案而起，一股劇烈的風從她身體裡吹出來，化成一條咆哮著撲向江元的長龍，把他捲到空中，又重重的拋下來。灰塵從地板上揚起，江元咳嗽了幾聲，抬起頭來莞爾一笑，說道：「可惜你根本抓不住我！」

嘲風吼叫了起來，下一秒就變回了她本來的樣子——暗黃色的巨大身體，矯健的四肢，看起來像是一頭巨型獵犬，不過頭上有一對小角，還有馬兒那樣的鬃毛，以及一條漂亮的長尾巴。她齜著牙，撲向江元。

江元化成一股黑氣，躲避嘲風。他們倆纏鬥起來，一時在樓上，一時在樓下，一時嘲風占上風，一時江元占上風。

知宵、柳真真和沈碧波為了避免被誤傷，都躲到了桌子底下。

屋子裡布滿了灰塵，牆壁似乎隨時都會倒塌，那張照片也掉落在地上。江元和嘲風都在樓上，震動從天花板傳下來，知宵能夠想像戰鬥的激烈，又為嘲風捏了一把冷汗。知宵看得出來，嘲風有些危險，這棟樓束縛了她的力量，不知道她能不能取勝。

沒過多久，外面的響聲消失了，世界變得異常安靜。知宵看了看柳真真和沈碧波，在他們的眼裡也讀出了不安。

「結束了嗎？」沈碧波小聲問。

「我們要不要出來看看？」柳真真提議。

三人剛從桌子底下鑽出來，還沒走出這個房間，一陣狂風湧進來，嘲風倒在地上，身上盡是斑斑的血跡，他們都圍了過去。

「讓開！」嘲風甩了甩尾巴，嚷嚷道。

三個小夥伴起身退到一旁，嘲風勉強用受傷的腿支撐起身體，一頭衝向那緊閉的窗戶。「啪」的一聲，窗戶裂開，嘩啦啦的流水聲隨著清爽的新鮮空氣，一齊沖進屋子裡。

「快走！」嘲風又說。

窗外是波濤洶湧的大河？是不見底的萬丈深淵？還是一望無際的汪洋大海呢？來不及細想，柳真真帶頭爬出去，接著是沈碧波。知宵也爬到了窗臺上，他發現，窗外的河與窗戶之間隔著一條青石小路，而且這兒只是一樓，並不會受傷。

身後傳來江元的聲音，知宵回過頭，看到江元抓住了嘲風。知宵沒有絲毫猶豫，跳回屋子裡，伸出左手壓在江元的臉上。江元弄出來的傷口像火燒過似的，知宵本能的覺得自己可以利用冰，說不定能把江元凍起來。就算這個想法行不通，應該也能創造一些機會，讓嘲風逃出去。

果然有效！

江元鬆開了抓住嘲風的手，有些驚訝的看著知宵，眼神裡閃過一縷悲傷，說道：「小朋友，對不起，我一直都沒打算要傷害你。」然後，他一掌推開知宵，把知宵拍到了牆上；知宵摔在地上，覺得五臟六腑都移了位。他拚命的咳嗽起來，同時感覺掌心火辣辣的疼——他受傷了。

「出去。」江元對知宵說。

知宵才不會乖乖聽話，他再一次撲到嘲風面前，試圖掩護她。

「知宵，快出去。」嘲風也說。

知宵只是拚命搖頭。他想幫助嘲風，但是不知道還能怎麼做。身體裡的力量沒辦法完成他的心願之時，他漲紅了臉，差點哭出來。

就在這時，水橫舟走了進來。她和平常一樣面無表情，看不出是不是正在為嘲風擔憂。知宵興奮的叫道：「水姊姊，快，快來幫忙！」

水橫舟撇了撇嘴，化成一道灰色的影子，繞過江元來到嘲風面前，抓住了嘲風頭頂的一隻角。嘲風發出痛苦的呻吟聲，艱難的抬起頭來，嘴角帶著一絲苦澀的笑，對水橫舟說：「那些小老鼠說得沒錯，我把信任錯誤的交給了你。」隨後，她的腦袋垂了下來，一動也不動，看樣子是暈了過去。

「你錯了，師父，你從來沒有信任過我。」水橫舟冷冷的說。

知宵簡直不敢相信眼前發生的一切，看看水橫舟，又望著江元。

「你來得太遲了，快幫我把這個孩子扔出去！」江元說。

水橫舟抓住知宵的左臂，把他推了出去。她使的力氣不小，知宵飛過小路，掉進河裡。「咕咚」一聲，河水把他緊緊裹住了，卻沒能讓他的左手舒服點。沈碧波說得沒錯，傷口並不疼，但很不舒服，那感覺就像有一萬隻螞蟻在心頭上爬來爬去。知宵在水中掙扎了幾下，發覺自己動不了了——他的身上結了一層薄薄的冰。

柳真真和沈碧波把知宵從水中拉起來，他們看著剛剛逃生的破窗戶，它正慢慢恢復原狀。三個孩子都撲向那扇窗戶，因為嘲風還在裡面。

壞脾氣的嘲風、高傲的嘲風、有些神經質的嘲風，三個小夥伴可能不是特別喜歡她，卻非常尊敬她。

來到牆壁前面，他們拚命拍打起窗戶來。這時，一陣寒風湧來，似乎有一個白色的身影把知宵、柳真真和沈碧波甩到一邊，然後開始撞擊窗戶。可是在白色身影撞開窗戶前，窗戶完全消失了，只剩下完好無損的紅磚牆壁，因為風吹雨打，裂開了許多細縫。

知宵半瞇著眼睛，想看清白色身影到底是誰，可是他的眼前像蒙著一層白紗，什麼也看不真切。然而，他有一種熟悉的感覺，明白自己認識它。白色身影越變越小，融成草叢裡的一團小東西。知宵一瘸一拐的走近，才發現那是小白狗。

「汪汪！」

小白狗撒嬌似的叫了兩聲，一邊搖著尾巴，一邊用腦袋蹭著知宵手上的傷口。手心涼涼的，很舒服。柳真真和沈碧波一邊前進，一邊摸索著那面牆壁，想找到通往那棟房子的入口。知宵抱起小白狗，他太累了，便靠在牆邊，耳朵貼著紅磚。不知是不是錯覺，他感覺嘲風就在這兒，她被困在那棟不知在何處的屋子裡。

知宵伸手握住了平安扣，心裡想著嘲風，希望能夠把她召喚出來，可是平安扣沒有反應。要麼是知宵喪失了使用平安扣的法力，要麼就是嘲風現在有很大的危險，無法回應召喚。知宵又試了一次，還是沒有反應，他失望的放下平安扣。

很快的，柳真真就找到了這棟紅磚房的正門，桐蔭街八十九號。門邊還有一扇壞掉的窗戶，她爬進屋子裡，只見蒙著髒兮兮白布的舊家具，還有織在牆角的一張張蜘蛛網。這兒很久沒人來了，那他們剛剛又是在哪兒呢？

「入口一定就在這兒的某個地方，但到底在哪裡呢？」柳真真叫道。

「你們當然找不到，連我也沒有頭緒呢！」小白狗說，「我猜，那棟房子被藏在牆壁裡了，除非我們知道開門的方法，不然永遠也進不去。」

知宵、柳真真和沈碧波都滿臉驚訝的望著小白狗——這還是他們第一次聽見這隻小白狗說話。

第十六章

梅仙的往事

知宵、柳真真和沈碧波看著會說話的小白狗，一時愣在那裡，連路都不走了。

「江元到底為什麼要傷害嘲風？」柳真真搶先問。

「他們之間為什麼有那麼大的恩怨？」沈碧波也問道。

「瑤華是嘲風的弟子吧？她到底怎麼了？還有，你是誰？」知宵最後問道。

「唉！你們還真是小孩子。趕緊離開這裡吧！路上，我會把知道的真相都告訴你們。」小白狗異常沉著的說。

回家的路上，知宵他們從小白狗口中，聽到了這個古老的故事。

很久、很久以前，一棵梅樹化成了一個聰明、伶俐的梅仙，她漂亮、可愛，天生就能吸引所有人的目光——這就是瑤華。她常常因為一時衝動而犯錯，卻學不會從錯誤裡汲取教訓，最後甚至搭上了自己的性命。現在，她已經不在這個世界上了，但那又有什麼關係呢？她以前是、現在是、將來也會是嘲風最喜歡的弟子。

「瑤華和江元是什麼關係？」柳真真接著問。

「小姑娘，別心急，聽我慢慢說。瑤華原本是一棵梅樹，她生長的那片深山，恰好就是我的故鄉，我倆因此認識了。江元是瑤華的朋友，我以前常常聽瑤華說起他。瑤華一心想學習龍族的法術，於是離開深山，拜嘲風為師，成了她最好的助手，也幫嘲風教訓了很多不守規矩的妖怪。瑤華跟著嘲風學習法術時，就住在深山腳下一個村莊的房子裡。也就是在那個時候，她遇到了江元。」小白狗搖搖尾巴，接著說，「當時，江元孤苦無依，被眾妖排擠，瑤華給了他一個落腳之地。瑤華最大的毛病就是太過善良。我猜，剛才的怪屋就是當年瑤華的房子。只是當年的小村莊早就變成了城鎮，房屋也拆掉了，如今那兒是一大批毫無特色的紅磚房。雖然如此，剛才我還是預感到不祥的氣息，就按照記憶找了過來，還差一點就能把嘲風救出來。都怪這四條小短腿，我還是來晚了！汪！」小白狗似乎很生氣，伸出前爪拍了拍路邊的榕樹，樹冠劇烈的搖晃起來。

「江元到底是什麼身分？他為什麼會被排擠呢？」柳真真問。

「還有，他那種奇怪的能力，好像會讓生命力消滅，讓人總往悲觀的方面想。」

沈碧波補充道。

「江元本來就是由一堆悲觀的情緒凝聚而成的妖怪。」小白狗繼續說，「我聽瑤華說過，江元生於古戰場，是從一個遍地死者的地方化生出來的妖怪。戰死的人大多年紀輕輕，有著無數的牽掛和願望，比如，家中的妻兒以及年老的父母、未來的富足生活等。我想，在他們彌留之際，一定都不想離開人世，求生的願望特別強烈。我曾經陪伴過一個將死的戰士，從他的眼神裡我可以看出來，他不想走，可是他不得不走，於是『牽掛』就留了下來。沒了主人的牽掛遊蕩在戰場之上，慢慢變得邪惡，最後凝聚成一股戾氣，那就是江元的本體。江元就是怨念、不平、牽掛、悔恨等負面情感的大雜燴，靠近他的人都會覺得不舒服，長久接近他還會生病，甚至死去。聽說，普通的人類只要被他碰一碰就會受傷，你們倆的傷口就是這麼來的。」

小白狗看了看知宵和沈碧波，兩個男孩都不由得摸摸各自的傷口。

「那麼，江元和嘲風到底有什麼恩怨呢？」柳真真繼續追問。

「說來話長，總之一切都是因為瑤華的死。江元和嘲風都認為是自己害死了瑤華，內心的煎熬達到了極限，他們無法承受，轉而責怪別人。於是，嘲風覺得江元該對此負責，江元覺得一切都是嘲風的錯。」

「那到底是誰的責任呢？」柳真真問。

「我也說不清楚。世間事太繁雜，不可能只有一個原因。江元應該負主要責任吧？畢竟是他親手殺死了瑤華。有時候，我也覺得自己有錯，作為瑤華的朋友，我應該讓她離江元遠一點……」

柳真真還想追根究柢，問清楚瑤華的死因，但是小白狗吐著舌頭，似乎不想繼續說下去了。

大家沉默的走了一會兒，忽然，知宵蹲下來，嚴肅的問小白狗：「不對，你還有事情沒告訴我們！你到底怎麼會知道我們和嘲風有危險？你到底是誰呢？」

「聽你說話的語氣，好像和嘲風很熟，也不畏懼嘲風，說不定，你也是個大妖怪。」沈碧波說。

小白狗歎了口氣，說：「你們小孩子還真是不好打發。我知道你們會有危險，有一部分是客棧裡那幾隻鼠妖提供的情報。」

原來，柯立和姪子們後來還是克服了幾十年的恐懼，回到妖怪客棧向嘲風坦白了。

「柯立他們幾個對嘲風坦白了當年的過錯，一邊說一邊抖，一邊抖一邊說。」小白狗有些無奈的說。

知宵似乎能想像他們顫抖的樣子，就像此刻路邊被風吹來吹去的樹葉。

「可是，嘲風告訴他們，她早就不記得這件事了。還說，她煉製的丹藥能讓龍宮的老鼠成精，也是對她法術的肯定。聽起來很可笑吧？柯立他們竟然為此獨自惶恐了幾十年。」小白狗晃晃腦袋，說，「但是，柯立卻站在那裡不動了。他說，剛才準備和知宵一起來妖怪客棧，後來遇到了水横舟，水横舟故意暗示嘲風對他們耿耿於懷。既然嘲風都不記得當年的事情了，怎麼可能派水横舟去捉拿他們？嘲風聽完柯立的話，什麼都沒說。但我覺得，她好像有點害怕。」

「害怕水横舟其實並不像表面上那麼聽話，對吧？」沈碧波若有所思的說。

「是的。正巧那時客棧外飛進來一隻紙鶴，喊著嘲風的名字。嘲風來到客棧大廳，紙鶴就乖乖落到她手上了。紙鶴展開成一張紙，上面寫著：『三個人類孩子在我手上，速來桐蔭街八十九號』，紙上還點了一朵梅花。」

「江元拿我們的安危威脅嘲風！」柳真真喊起來。

「對，我看到梅花，就隱約猜到了這一切可能和江元有關。不過，江元一個人未必有這麼大的能量，加上剛才水横舟裡外不一的行為，以及柯立說，知宵失蹤之前也和水横舟在一起，我就想，嘲風也猜到了水横舟和江元聯手背叛她的可能。」

「要是我早一步察覺就好了。」知宵有些生自己的氣。

「我也很著急，問她要不要幫忙，她卻說『我早就知道江元來找我了』這樣不負責任的喪氣話。」小白狗搖搖頭，生氣的說，「嘲風總是這樣，把別人的友情當同情，不願意接受別人的關心。我剛想說事態緊急，必須一起去救出你們，她倒好，就這樣原地消失不見了。哼！真是一個任性的龍女！」

知宵有些臉紅，他知道嘲風會突然消失是因為他用平安扣召喚了她。如果當時他沒有急著召喚嘲風，她會不會就沒事了呢？但是自責根本無益，現在應該好好想想接下來該怎麼辦。

「等一下，我還有問題！」柳真真看著小白狗，把手舉得很高，似乎把小白狗當成了學校的老師。

「唉！你問吧！」小白狗無奈的看著柳真真說。

「既然跟江元有那麼深的恩怨，嘲風難道一點兒也沒有察覺江元的所作所為嗎？你剛才也說，嘲風說自己早就知道江元來找她了，這又是怎麼回事？」

小白狗點點頭，說：「你這個小姑娘倒是很細心。嘲風當然對江元的出現有所察覺。自從知宵告訴她，龍宮的護照被一隻青蛙怪奪走，她就開始懷疑青蛙怪是江元了。知宵，嘲風不是也一直讓你留意青蛙怪嗎？」

知宵點頭同意，說：「是這樣的，嘲風問了很多關於青蛙怪的事情，或許她真的意識到了什麼。」

小白狗接著說：「當年，嘲風因為瑤華的死，一氣之下把江元封印在瑤華生活的深山裡。深山的靈氣很足，可以淨化江元的戾氣，讓他變成無害的妖怪。為此，嘲風還派了兩隻叫阿孟和阿季的木精看著他。」

「阿孟和阿季？那不是盧浮醫院的妖怪護士嗎？」柳真真叫起來，她想起之前一起去盧浮醫院幫嘲風幹活兒的時候，遇到過兩個叫這兩個名字的妖怪。「對了，當時她們還說自己有一個重要的任務，但是不記得了。」

「正是她們！江元不知道用了什麼法子，從木精手中逃走，還給她們下了遺忘的咒語。當嘲風發現阿孟和阿季居然在盧浮醫院當護士，而且完全不記得嘲風和江元的時候，就知道事情不妙了。」

「所以她們才說自己有一個重要的任務，這個任務就是看守江元吧！」柳真真說。

「嗯，你說得很對。」小白狗搖著尾巴，猶豫了一會兒，又說，「柳真真，說起來，你的個性還有點像瑤華呢！一樣的積極、樂觀，天真、直爽。嘲風其實很喜歡你呢！」

柳真真聽了沒說什麼，但還是掩飾不住嘴角的一抹微笑。

「快到妖怪客棧了，我們先回去，和大家商量一下怎麼救嘲風吧！」小白狗輕快的說。

「等等！」知宵一跺腳，小白狗驚訝的回頭看著他，知宵說，「你說了那麼多，卻一直沒有回答我，你到底是誰？為什麼你才是那個什麼都知道的人？」

小白狗看了看知宵，說道：「你這個問題太難回答了，我只是一隻什麼都不懂的小狗，汪。」說完，小白狗化為一道白影，風一般的跑進了妖怪客棧。

恍惚間，知宵似乎看到小白狗的影子是一個白衣、白髮的女仙，等他想再仔細看的時候，小白狗已經跑得無影無蹤了。

知宵、柳真真和沈碧波一走進妖怪客棧，客棧裡的房客們很快就迎了出來，把他們團團包圍，為他們平安歸來而高興。

「嘲風大人呢？」茶來著急的問。

「我們也不知道，」柳真真回答，「不過，她一定也會平安無事的。」

「沒錯，畢竟是嘲風大人啊！」曲江感歎道。

所有房客都點點頭，似乎想以此說服自己。然而，氣氛還是瞬間變了，大家都收起了歡欣。時間已經是夜裡九點多，剛剛回歸客棧的柯立自告奮勇，開車送三個孩子回家。

第十七章

生死不明的嘲風

知宵很擔心嘲風的安全，但他實在太疲倦，回家之後，倒頭就睡著了。第二天早上，太陽剛剛爬過地平線，他就非常不情願的被叫醒，一睜眼，馬上看到了蠱雕桃蹊。

桃蹊沒有收起翅膀，她的臉龐看起來不像人類也不像鳥兒，不倫不類，特別詭異，知宵嚇得大叫起來。

「跟我去見螭吻。」桃蹊皺了皺眉頭說。

「好的，讓我先跟媽媽說一聲。」

桃蹊不由分說，一把將知宵從床上拽起來，抓著他跳出窗外。

蠱雕的體形不像姑獲鳥那麼大，知宵沒辦法騎在鳥背上，他覺得被鳥爪子抓著的自己就像是蠱雕的獵物。另外，知宵有些緊張，擔心桃蹊萬一不小心鬆開爪子，自己會掉下去。他一緊張，體溫就會不由自主的降低。在自己變成雪人之前，他深吸了一口氣，慢慢的，體溫又恢復了正常。

知宵心裡有些小小的得意，現在的他越來越能控制自己的力量了。這多虧了嘲風。雖然她總說不願意收弟子，不願意指導知宵和柳真真，但無形中她帶給大家的影響，可能連她自己都沒注意到。

桃蹊飛得很快，知宵感覺沒過幾分鐘，他們就降落在螭吻仲介公司的辦公室了。

螭吻正癱坐在沙發上，聽到聲音，抬起頭來看了看知宵，慵懶的說了一聲：「早啊！」然後又閉上眼睛打盹。螭吻就這樣不聲不響的回來了。

今天，螭吻的表情比往常都要嚴肅。這也難怪，因為嘲風沒有回來，蠱雕和天狗們都找不到她。知宵畏畏縮縮的站在原地，不知道該說什麼，就乾脆什麼也不說。他在心裡責怪自己，正是他把嘲風召喚進了江元的陷阱裡。當然，江元給嘲風的信上也寫著同樣的地方，嘲風遲早也會找到那棟木屋。可是，如果不是知宵提前讓嘲風到達那兒，小白狗就能和嘲風一起去，說不定就能在紅磚樓外幫助嘲風逃出來。

一團沉重而柔軟的物體突然降落在知宵頭上，快把他的脖子壓斷了。原來是胖貓茶來。

茶來把腦袋湊在知宵的耳邊，小聲說道：「想點高興的事。有一個不高興的螭吻，辦公室的氣氛已經夠壓抑了，不需要你讓它變得更糟糕。」

就算想到高興的事情，知宵也高興不起來。還好，蟲雕們很快又帶來了沈碧波和柳真真，知宵覺得自在了些。

螭吻坐直了身體，也示意三個孩子坐下，說道：「嘲風的事情我都知道了。我得說情況不妙，但也不像你們想的那麼糟。她常常讓自己身處險境，我早就習慣了在關鍵時刻向她伸出援手。現在，你們得帶我去青蛙怪的那棟房子，齊心協力想出辦法。說不定嘲風還被關在那兒，就算她不在那裡，屋子裡一定也會留下線索。」

螭吻帶著三個孩子和茶來，一起來到桐蔭街八十九號，站在河邊的那面牆壁前。知宵對螭吻說：「小白說過，她感覺那房子藏在這面牆裡。昨天，那扇窗戶就出現在這兒。」

螭吻把耳朵貼在牆上，聽了聽，又仔細觀察了一會兒那面牆，然後對大家說：「好吧！我們仔仔細細搜查這面牆，不能遺漏任何一塊磚，應該能找到入口藏在哪兒。」

老實說，知宵不知道該怎樣檢查，他本來對妖氣和法術就很遲鈍，就算哪塊磚真的和其他的磚不一樣，他也看不出來。他不時瞅瞅螭吻，發覺螭吻認真極了。螭吻一認真起來就有些像嘲風，一想到嘲風，昨天發生的一切便清晰的浮現在腦海中。他想到當嘲風身處險境時，自己卻是那麼無能為力。難過淹沒了知宵，他開始在心裡一遍遍向嘲風道歉。

「不行，嘲風說過，犯了錯一個勁兒道歉是逃避責任的表現，最重要的就是趕快找到她。」知宵自言自語著。

他又把注意力集中在牆壁上，把臉貼在牆上。和昨天不一樣的是，現在的他感覺不到嘲風的任何氣息。他又試了試用平安扣召喚嘲風，但還是失敗了。

過了很久，他們沒有任何收獲。

螭吻歎了一口氣，對知宵說：「算啦！我們回去吧！」這就是螭吻的缺點，他執著於追逐快樂，除此之外，任何事情都沒辦法長久吸引他的注意力。

「怎麼能輕易放棄？是您提議要找到那房子的呀！」知宵大聲反駁。

螭吻笑了笑，很認真的回答：「我說說而已，只是想讓你們好過一點。剛才一來到這兒，我就知道這面牆裡沒什麼玄機。昨天，那房子可能在這兒，但今天它不在了。只是你們已經來了，我想著讓你們找找看，感覺自己在盡力幫忙，你們就不會只顧著責備自己。特別是你，知宵，你好像總喜歡把所有的想法埋在心裡。和真真、波波比起來，你對自己的要求更嚴格，覺得世界上發生的所有壞事，都是你的錯，這一點你和嘲風很像。你們三個聽著，無論嘲風身上發生了什麼事，都不是你們的錯。而且，並不是只有你們三個人關心嘲風，大家都在找她。我有預感，她絕對不會有事的。」

「您不去找她嗎？」知宵問，「龍生九子，您不是還有七個兄弟姊妹嗎？他們也在盡力尋找嘲風嗎？」

「你操心的事情還真多！放心吧！我早就安排好了，這麼點小事，還沒到要他們出手的地步。只要嘲風還沒離開地球，我準能把她找出來。」

知宵點點頭，心裡卻想著：萬一嘲風不在地球，不在外太空，不在這個宇宙呢？她受了那麼重的傷，江元和水橫舟說不定會殺死她。嘲風是神獸，應該不會那麼容易死去吧？知宵不由得摸了摸胸前的平安扣，這塊冰冷的玉佩好像有一種奇特的力量，能給他帶來安慰。

「快回家去，寫寫作業，打打遊戲，約幾個小朋友出門玩，放鬆心情。一有嘲風的消息，我會第一時間告訴你們。」

螭吻說完後擺擺手，倏忽間就消失了。「那我們就這樣回家去，什麼也不想，什麼也不做嗎？」沈碧波嚷嚷道，「嘲風可是我的師父！找到她是當弟子的義務！」

「算了吧！你還沒有正式成為她的弟子呢！」柳真真說，「而且，說不定嘲風再也不會想收弟子了，看看水横舟都對她做了什麼！」

「我又不是她！」沈碧波說。

柳真真沒有回答，只是吐了吐舌頭。

知宵的腦子裡靈光一閃，興奮的對小夥伴們說道：「我有一個好主意，咱們可以找螢火蟲先生幫忙呀！他不是妖怪獵人嗎？」

「沒錯！妖怪聯絡簿上登記過，他最擅長找人啦！」柳真真也說。

他們頓時又充滿幹勁，跑到沈碧波家裡，央求姑獲鳥金銀先生載著他們去螢火蟲先生生活的那片森林。金銀先生捉了好多條魚，把牠們串在一起，大家就這樣在白樺樹下守著。茶來也跟了過來，但是他給大家添了不少麻煩，因為他一直對金銀先生手中的魚虎視眈眈。

夜幕降臨之後，沈碧波飛到樹洞前，叫了幾聲諾兒的名字。沒過一會兒，那個小小的精靈就提著她那盞小小的燈，從樹洞裡飛了出來。

諾兒一眼就看到了金銀先生手中的魚，明白大家想幹什麼，便嚴肅的說道：「你們還是快回去吧！他剛睡著，叫醒他可不容易。就算你們成功了，他的起床氣那麼重，準會把自己的家給拆了，把大家都埋在裡面。」

知宵告訴諾兒，他們想要幫忙尋找嘲風，又說：「如果你擔心螢火蟲先生發火，可以在樹洞外等著我們。」

諾兒摸著下巴想了想，最後答應了。她輕聲吟唱起古老的歌謠，那盞小燈的光芒越來越明亮，慢慢的包裹住大家，把大家拉進樹洞裡。諾兒在洞口飛了幾圈，最後還是跟了進去。

山洞裡照例瀰漫著魚腥味，還散布著各種各樣的果皮，最多的是葡萄皮。大暑那晚的妖怪聚會結束後，螢火蟲先生打包了不少水果帶回家，當作睡前點心。因為睡覺的時間不長，螢火蟲先生還沒被洞裡的灰塵覆蓋，大家很快就找到了他。

「我得再提醒你們一次，現在叫醒螢火蟲先生是非常危險的。」諾兒小聲說。

「大家退後。」金銀先生說。

三個小夥伴和花貓茶來幾乎都快退到山洞外了。金銀先生獨自拎著那串魚，湊到螢火蟲先生面前。很快的，螢火蟲先生的腦袋就從龜殼裡伸了出來，他張大嘴巴想要吞掉魚時，金銀先生就把魚拿開，螢火蟲先生只吞到了一口空氣。失落感讓他從夢中醒來，他的小腦袋轉來轉去，目光集中在金銀先生身上，接著，又打了個大大的哈欠，長嘯一聲，吼道：「滾——開——」

他的聲音幾乎刺破了大家的耳膜，整個山洞都開始震動，大大小小的石塊紛紛掉下來。

知宵抱頭蹲下來，擔心自己真要被活埋了，好在茶來不知道用什麼法子把自己的身體變得扁平，就像一張毛茸茸的地毯蓋在知宵、柳真真和沈碧波頭上。

大概一分鐘後，一切都平靜下來，地面上滿是碎石塊。好在山洞沒塌，三個孩子毫髮無傷，只是金銀先生的額頭破了，不過只是皮外傷。

柳真真開玩笑似的對茶來說：「原來你很有用啊！」

「謝謝你對我身上肥肉的誇獎。」茶來半眯著眼睛說。現在他又是一隻自鳴得意的胖貓了。

發完脾氣之後，螢火蟲先生才感覺肚子有些餓，三兩下解決掉了所有的魚，便又有精力繼續生氣，指責大家無緣無故打擾他的好夢。

「可是，我們有非常重要的事情，不然怎麼會吵醒您呢？我們都知道您是世界上最了不起的妖怪獵人，無論獵物躲得多遠，您都能輕鬆的把他們找出來。我們想請您幫忙找到一個人——嘲風。」柳真真說。

「雖然天狗和蠱雕們都出動了，我們覺得，只有您能找到她。」沈碧波說。

「螭吻也在四處尋找嘲風，但他也沒找到線索。真的只有您能做到了！」知宵刻意強調道。

聽到「螭吻」這兩個字，螢火蟲先生總算是表現出一些興趣，不過很快的，這興趣又消失了，他說道：「我沒空，再說，我早就退休了，不想沒頭沒腦的四處奔波。」

知宵、柳真真和沈碧波又是你一言、我一語，幾乎說盡了所有的好話，螢火蟲先生還是不願意幫忙。

「就這一次，求求您答應吧！」柳真真撒嬌的說道，「如果您不答應，我們就賴在這兒，不讓您睡覺！」

螢火蟲先生無奈的擺擺頭，說道：「真是拿現在的小孩子沒辦法。我得事先聲明，當獵人是我的職業和謀生手段，你們想找我幫忙，就得給我報酬。你們有什麼？」

「沈碧波什麼都有。」知宵趕緊說道。

沈碧波瞪了知宵一眼，轉頭對螢火蟲先生說：「您想要任何東西，我都可以給您。」

螢火蟲先生笑著點點頭，說道：「我明白，你來自羽佑鄉嘛！不久前那兒還是一個繁榮的好地方，我年輕的時候常常到那兒消暑。我的要求也不高，上了年紀之後，我早把『貪心』二字扔上了載憂船。現在中途被你們吵醒，我一定再也睡不著了，醒著的時候肚子容易餓，你們免費送我一年的魚和葡萄，都要最新鮮的，每天早上六點就放在我家門口。小姑獲鳥，你能做到嗎？」

「沒問題。」沈碧波說。

「那好，我就接下這份工作。現在，你們可以告訴我，嘲風為什麼會失蹤，你們為什麼非要找到她。」

大家把昨天發生的事情，一五一十的告訴螢火蟲先生。聽完後，這隻萬年老龜說道：「我早提醒過她，不要整天想著以妖界的和平、安寧為己任，幫助了一部分妖怪，就會得罪另一部分妖怪，總有一天會惹禍上身。你們快回去吧！我準備一下，馬上就出發，之後會及時把消息告訴你們。」

大家滿懷著希望離開山洞，各自回家去。接下來，他們需要做的事情就是等待。這才是最難熬的，知宵完全沒辦法靜下心來做任何事。他時時刻刻盼望著，能從螭吻或是螢火蟲先生那兒，得到關於嘲風的消息。即使睡著了，知宵連作夢夢到的都是嘲風平平安安、神采飛揚的出現在大家面前，好像什麼事也沒發生過。

就是在這個夢裡，知宵看到了小白狗，她化成一個白髮女人的樣子，穿著一身白色衣裳，微笑著望著自己。知宵心中一動，一瞬間就明白了小白狗的身分。

起床之後，知宵顧不得吃早餐，就跑到妖怪客棧找小白狗。他有太多的問題想問她，有太多的心裡話想告訴她，他甚至覺得只有她能夠理解自己。可是，他找遍了金月樓所有的角落，都沒看到那隻小白狗，正準備去上班的柯立告訴知宵，小白狗已經離開了。

「什麼都不說，就這樣一走了之嗎？她也太不負責任了！」知宵抱怨道。

「她一直都是這樣，來無影、去無蹤，哪兒都有過她的腳印，哪兒都留不住她。」柯立回答道，「你不能用人類的標準來要求她。」

知宵歪著腦袋打量著柯立，半晌才說道：「你也知道小白狗到底是誰，對不對？」

柯立並不回答他，只是順了順自己皺巴巴的衣服，說道：「我上班要遲到了，先走了，小老闆。」然後匆匆忙忙的走向大門。

「她就是我的曾祖母，對吧？」知宵大聲說。

柯立回過頭來，問道：「你怎麼知道？」

「我就是知道，或許是血脈相連的關係。」

「有道理。」柯立點點頭說，「一開始我也只是懷疑。那天下午，我和包子他們被水橫舟嚇壞了，心裡實在害怕，正猶豫著到底該怎麼辦時，她突然出現，主動要給我們帶路。那時候我就覺得，她說話的語氣非常熟悉，但是，如果她不想挑明自己的身分，我也不打算問。昨天晚上她離開前，反覆叮囑我，要盡我所能幫助你，因為你的心中一直充滿疑惑，需要一個值得信賴的朋友。那時我才確定，她是章含煙——妖怪客棧的創始人，這裡的第一任老闆！」

「那麼，她為什麼不告訴我呢？」知宵問。

「她一直和自己的後人保持著距離，可能擔心和你們太親密，失去你們時會很痛苦吧！」柯立說，「當然，也有可能是因為她完全不在意你們。」

知宵想不到更好的理由，只好暫時接受柯立的說法，但他心裡還是暗暗想著，總有一天要和曾祖母當面談一談。回家途中，知宵一想到曾祖母曾經當過自己的寵物，就感到渾身不自在。如果能夠再見面，一定非常尷尬吧！

到家後，知宵就接到了柳真真打來的電話，要他到公園去，說是有一件重要的事情要告訴他。

知宵只得去公園，沈碧波已經來了，三個人坐在一叢山茶花下的椅子上。

柳真真從背包裡拿出那枝毛筆，高興的說道：「我找到它了！」

「你在哪兒找到的？」知宵問。

「就在那隻臭青蛙帶走我的地方，幸好那兒長滿了草，沒人注意到我的寶貝。」

「你的運氣真好。」知宵說。其實他心裡想著，這樣一枝舊毛筆，當然沒人注意。

「你不會因為這樣一件小事，就把我們叫過來吧？」沈碧波有些生氣的說，「我也有重要的事情要做！」

「當然不僅僅因為這個，耐心等待。」

柳真真得意的眨眨眼睛，在空中揮了揮毛筆，知宵感覺有一陣溫和的風撲面而來。忽然，筆尖裡冒出了一截藤蔓，它越變越長，在空中晃來晃去，接著，爬到樹上摘下了兩片葉子。

柳真真接過樹葉，把它們遞給知宵和沈碧波，說道：「這棵樹上最高處的兩片葉子是我送給你們的禮物。雖然你們倆都不太聰明，認識你們實在太好了。」

知宵和沈碧波都沒有反駁柳真真對他倆的言語，有些不自在的說了聲「謝謝」。接著知宵問道：「你到底做了什麼，終於讓它聽話了？」

「我和它談妥了條件。」柳真真說。

「什麼條件？這枝毛筆難道還會接受賄賂不成？」沈碧波沒好氣的說。

「不是賄賂，是心願。」柳真真莞爾一笑，「就像嘲風說過的那樣，我和它進行交流，我們互相理解，然後就能好好合作啦！知宵，我之前告訴過你吧！這枝毛筆很不喜歡江元。可能在很久、很久以前，它的某一個主人曾經試著用它淨化過江元，可是失敗了。於是，這枝毛筆也有了心結，把自己封印起來，不再接受其他驅妖師的驅使，才會淪落到被鎖進倉庫。於是我和它約定，如果它認我當它的主人，我就會幫它把那隻臭青蛙淨化乾淨！這只是我大膽的猜測，結果也是正確的，這枝毛筆同意了！」

看柳真真興高采烈的樣子，知宵不想潑她冷水，但他很懷疑這枝毛筆和柳真真的能力。想想看，嘲風花了一百多年也沒能淨化江元，只是想辦法把他關了起來，最後還讓他逃走了。

又過了兩天，無論是螢火蟲先生還是螭吻，都沒能探聽到關於嘲風的訊息。知宵也越來越失望，越來越覺得嘲風可能已經不在人世了。不過，到了第四天深夜，胖乎乎的小麻雀白若飛進知宵家裡，上氣不接下氣的對知宵說：「天狗……天狗們找到嘲風啦！」

「在哪兒？在哪兒？我能不能見見她？」知宵從床上跳起來問道。

「暫時恐怕不行，她在歐洲呢！螭吻先生已經去和她碰頭了，他們應該很快就會回來。」

既然大家都在地球上，歐洲也不是特別遙遠。知宵總算放心了，他只盼望著再見嘲風。

第十八章

新的嘲風，舊的嘲風

再次見到嘲風之前，知宵聽說了很多關於她的消息，而且大部分是壞消息：跑遍人類和妖怪的酒館喝酒，喝醉後就發酒瘋，打傷人類或妖怪，砸毀不少公共財物；使用詭計讓小鯉魚精被人類逮住，然後，在她快死於殺魚刀前一秒才把她救出來，還嘲笑小鯉魚精膽小又愛哭；路過某片林子時，因為住在林中的兩隻山妖沒有夾道歡迎她，就讓山妖們昏頭昏腦的圍著一棵老樹轉了好幾萬圈；嘲風甚至還去過羽佑鄉，要十九星集合所有的姑獲鳥，在她喝酒時，讓姑獲鳥們在空中飛舞為她助興……

這些古怪、荒唐的事沖淡了知宵對於再見到嘲風的期待之情。妖怪客棧的房客們，還有知宵的小夥伴們，也都有同樣的想法。因此，當嘲風終於出現在金月樓，並且大聲嚷嚷著「好久不見」時，大家只是艱難又尷尬的笑了笑，非常違心的歡迎她。

嘲風看出大家的不情願，臉上的笑容僵住了，說道：「我知道，你們覺得我幹盡壞事，敢怒而不敢言，對不對？不過啊，」她頓了頓，輕輕歎了一口氣，說：「如果你們知道我經歷了什麼，就會明白適當的發洩是合理的。」

大家只是看著她，沒有人回應。

嘲風的目光轉向知宵，她非常熱情的來到知宵面前，拍了拍他的臉蛋，用對三歲小孩子說話的語氣對知宵說道：「唉呀呀！知宵啊！你好像瘦了不少喲！不過幾天而已，不會是因為太過想念我吧？小朋友。」

這些過分親暱的行為嚇得知宵後退兩步避開嘲風，不知道該怎麼回答。好在嘲風的注意力很快轉移到了螭吻身上，她又對螭吻說：「親愛的弟弟，我需要好好休息，你家暫時借用一下。」

「你還是回龍宮城去養傷比較好。」螭吻沒好氣的說。

「那怎麼行？不久前，我還讓大家困擾，現在這副樣子更不能回去了！」嘲風說，「過幾天等感覺好一些了，我就回去。」

「那好吧，我會幫你留意龍宮城的事，不然你也不安心。」螭吻說。

嘲風不太情願的點點頭，看來她還是放心不下工作，這倒是和以前一樣。看到她還有沒變的地方，知宵覺得莫大的欣慰。接著，嘲風提著行李進了螭吻仲介公司的辦公室，直到大夥兒確定她進了螭吻的家門，已經離開了妖怪客棧，才開始小聲議論起來。

「天哪！要不是她聞起來完全是嘲風大人，我簡直不敢相信那真的是她！」蜘蛛精八千萬瞪大了眼睛說。

其他房客都點頭同意。知宵可聞不出來嘲風的氣味有什麼差別，就小聲問柳真真：「她聞起來真的是嘲風？」

「是的。天知道江元那個混蛋對她做了什麼。我們去問問螭吻。」

知宵、柳真真和沈碧波一起來到螭吻的辦公室，螭吻坐在辦公桌後面，正在打電話給龍宮城，吩咐一位助手這幾天管理一下龍宮城的事情。

螭吻放下電話後，沒等三個孩子開口，就說道：「我明白，你們覺得嘲風有些古怪，我也非常不適應——嘲風從來不會叫我『親愛的弟弟』，真噁心，我剛才起了一身雞皮疙瘩。」

「她真的是嘲風嗎？」知宵問。

螭吻認真的點點頭，說道：「氣味不會騙人。再說，我還認得出自己的親姊姊。」

「師父有沒有說過，她是怎麼逃出來的？還有，江元和水橫舟又在哪裡？」沈碧波問。

知宵實在忍不住，「噗哧」一聲笑了起來。沈碧波好像很以自己是嘲風的徒弟而自豪，還沒有正式拜師，就先稱呼嘲風為「師父」了。知宵當了螭吻好幾個月的弟子，一般也只是稱螭吻為「先生」。

沈碧波甩給知宵一個白眼，知宵已經對此產生了免疫力，因為他每天都要用白眼問候知宵好多次。

「還沒有。她可能不想說，也可能不記得了，我不想刺激她，所以沒再追問下去，她需要些時間。不過，看她現在這副鬼樣子，就知道她受了不少折磨。嘲風回來了，但是江元贏了，他幾乎殺死了我們熟悉的嘲風。當然，還成功的讓嘲風信任了幾百年的水橫舟背叛了她。」螭吻悲傷的歎了一口氣，又說：「一切都還沒結束，就算翻遍世界的每一個角落，我也要把江元和水橫舟找出來，還要找回以前的嘲風。知宵、真真、波波，你們要多多關心嘲風，主動接近她，不要讓她獨自悶著。」

螭吻看著三個孩子，目光裡充滿了信任。他們再三保證會盡力找回從前的嘲風，然後離開了螭吻的辦公室。

「你們真的覺得那是嘲風？」知宵還糾結著這個問題。

雖然都有些懷疑，柳真真和沈碧波還是點點頭。柳真真說道：「不要胡思亂想，知宵。先生都說是她，那一定不會有問題。」

「那倒也是。」知宵回答道。但他根本沒辦法說服自己相信這個理由。

這天下午，嘲風邀請知宵、柳真真和沈碧波一起吃飯。他們來到螭吻家的花園，發現纏繞在房子上的藤蔓全部消失了。因為現在的嘲風認為藤蔓影響了屋子的採光，讓別墅變得死氣沉沉。

別墅內部的裝修風格與家具擺設也完全變了樣子，色彩明亮、鮮豔，看得知宵的眼睛都不太舒服。

吃飯時，嘲風也特別健談，根本就容不得知宵、柳真真和沈碧波插話。大部分時間，她都在評價白七準備的菜餚——再美味的食物她都能找到缺點。值得慶幸的是，嘲風還是像以前一樣愛喝酒，雖然這是一個不好的習慣，但只要和從前的嘲風相關，知宵就覺得是好事。

吃完飯，沈碧波總算鼓起勇氣問嘲風：「您還會收我當徒弟吧？」

嘲風臉上的笑馬上消失了，知宵和柳真真都望著她。

「我不清楚。真的，經過小水的事，我真的……」嘲風有些語無倫次，「不過，你是你，小水是小水，我不會把對她的失望轉移到你身上。既然你通過了考驗，我也會遵守諾言。現在你是我正式的弟子了。」

沈碧波忍不住咧開嘴巴大笑起來，兩顆大大的門牙尤其引人注目。天色不早了，他們向嘲風道了晚安，準備回家去。嘲風單單叫住了知宵。

「把你的左手伸出來給我看看。」嘲風說。

之前在木屋時，知宵的左手受傷了。兩隻山妖受傷時，小麻雀白若為他們醫治過，這次他也為知宵包紮。

但是，知宵是人類，傷得又比山妖重，傷口癒合的速度很慢，到了現在，那傷口還覆蓋著整個手心，一點兒也沒有打算癒合的樣子。

嘲風輕輕摸了摸知宵的傷口，說道：「江元當時傷了你，我也覺得驚訝。我很了解他，他是真心把你當成朋友，因為你和瑤華一樣。你應該知道，江元沒辦法靠近人類或是妖怪，甚至是花花草草也會被他的氣息弄到枯萎。就算他極力克制自己的力量，多多少少仍會影響身邊的生命，因此，他從來不敢在同一個地方待得太久。江元活在生與死之間。瑤華和你一樣遲鈍，不怎麼能感覺到妖氣，也不容易受別的妖怪影響，所以能夠長時間接近他而不會生病。他弄傷你的手時，我就想到了瑤華，那時我很擔心，他會像對待瑤華那樣對待你，甚至殺了你，幸好你平安無事。知宵，你放心，傷口會慢慢癒合的。」

知宵有些疑惑的望著嘲風，過了一會兒才說道：「我知道，謝謝您，您的傷也一樣。」

他離開螭吻家的別墅，走在花園的小徑上，不禁又回頭張望那棟別墅。別墅裡所有的燈幾乎都亮著，可以看到嘲風投在窗戶上的影子。知宵總覺得有些地方不對勁，但又說不上來。

他先回到妖怪客棧，金銀先生來了，他和柳真真、沈碧波正等著知宵。

「你們再等我一下。」知宵說。

知宵來到曲江的房門外，敲了敲門，門沒鎖，曲江讓他進去。

這隻山羊妖把茶几當成舞臺，正站在上面唱著義大利歌劇。等了半分鐘後，知宵關掉音樂，曲江有些懊惱的從茶几上跳下來，語氣裡帶著些許責備：「知宵，雖然你年紀還小，也要懂得欣賞和尊重藝術啊！」

知宵可沒心思和曲江探討藝術的問題，說道：「你有沒有覺得嘲風回來之後很奇怪？」

「整個世界都覺得嘲風很奇怪。」曲江回答道，「但她以前也非常奇怪，自創了一套什麼妖怪法則，還要求別人也要遵守；她明明是個酒鬼，卻打死也不承認；嘴上說討厭繁文縟節，卻總是放不下排場。現在的她不過是換了一種方式，繼續奇怪著。」

曲江喝了口茶，潤了潤嗓子，繼續說道：「現在她奇怪的方式更好，雖然給別人惹了不少麻煩，但她似乎更有活力，活得比以前輕鬆多了。」

「不對。」知宵搖搖頭，「我的意思是說，我覺得那根本就不是嘲風。」

「那是嘲風。」曲江認真的回答，溫和的看了看知宵，「我明白，突然之間，嘲風的改變太大，你一時之間無法接受，心裡難免會有些失落。別看我的年紀是你的好幾十倍，我也是很喜歡改變的呢！以前的嘲風不在了，你得學著習慣現在的嘲風。」

「不對，你還是沒聽明白我的意思！」

知宵有些氣惱，他所信任的妖怪、他親近的朋友，都覺得是他想多了，都說什麼「氣味不會騙人」，他覺得是大家太迷信所謂的氣味了。知宵一直聞不出嘲風身上的氣味，氣味對他來說一點兒也不重要。他堅信自己的想法是正確的，那個分明不是嘲風。知宵匆匆告別曲江，在小夥伴莫名的眼光中，怒氣沖沖的離開金月樓。

幾天前，為了方便聯絡，螢火蟲先生臨時買了一支手機，並把號碼給了知宵。回家後，知宵打電話給螢火蟲先生，希望他能繼續幫忙，找到真正的嘲風。

「我已經聽說嘲風的荒唐行為啦！不顧後果，不顧他人感受，和少年時候的螭吻很像。你不相信那就是嘲風，對吧？」螢火蟲先生問。

「當然不信，您信嗎？」知宵反問道。

「受到打擊後性情大變，於人於妖，都很正常。」

聽到活了一萬年的螢火蟲先生這樣回答，知宵更加失望了。

這時螢火蟲先生又補充道：「不過，你的懷疑也有一定的道理。老頭子我最近精力旺盛過了頭，實在睡不著，不介意再替你跑跑腿。而且，不是我自誇，也只有我能找到嘲風。」

知宵轉憂為喜，再三向螢火蟲先生道謝，這下子他總算能安穩的睡一覺了。然而不幸的是，第二天一大早，還在夢中的他就被桃蹊抓到空中，帶到了螭吻家。同樣的，沒睡醒的柳真真和沈碧波已經在螭吻家等著他了。

原來，嘲風想進行一次大掃除，還要三個孩子把實驗室裡所有的器具和藥品全都扔掉。

嘲風放棄了她喜歡的魔藥研究，這個改變讓沈碧波不知所措，他拜嘲風為師的目的，就是研究魔藥啊！沈碧波一定要找嘲風談談，好好勸勸她，不過，柳真真和知宵拉住了他。

「螭吻說了，最近嘲風的情緒很不穩定，我們得順著她。我相信等她平靜下來，就會重拾自己的愛好了。」柳真真對沈碧波說，「你是她的弟子，這個時候更要支持她的決定，不然，嘲風就會想到水橫舟對她的背叛，說不定又會變得更加陌生。」

沈碧波只好作罷。

大家收拾好實驗器材，在白七和白九的幫助下，把它們賣到一家妖怪經營的舊貨商店。

商店老闆知道這些東西都屬於嘲風，有幾分得意的對大家說：「昨天夜裡，嘲風大人到酒館喝酒，我有幸和她喝了幾杯，她真是豪爽啊！想想以前，嘲風大人絕不會到酒館裡來，和我們這些小妖小怪混在一起的。」

知宵有些難過，這個假嘲風幹了那麼多荒唐事，竟然還能得到大家的喜歡！回到妖怪客棧後，柯立察覺到知宵的情緒，關切的詢問他，到底發生了什麼事。知宵便把自己的懷疑告訴柯立，問道：「妖氣真的沒辦法偽裝嗎？」

「可以是可以，不過很困難，特別是想要偽裝成嘲風騙過眾人。想想看，連螭吻也沒察覺出她的妖氣有什麼異常啊！」

江元沒有氣味，無法偽裝成嘲風；水橫舟只是條小水蛇，道行不夠深，也沒辦法騙過螭吻吧？知宵慢慢覺得，自己的懷疑可能沒有任何依據，但他必須想辦法弄清楚這一切。

「柯立，你可以安排房客們幫我一個忙嗎？我想請你們監視嘲風。你對我說過，越是厲害的妖怪警惕性越高，不過，他們更容易注意大危機，忽視小妖怪。」知宵又說。

「沒問題。」柯立看了看知宵，說：「小老闆，就像章老闆囑咐過的那樣，無論遇到什麼問題，你都可以告訴我，我會一直無條件的支持你。」

知宵點點頭，這時，他突然想到了什麼，跑到螭吻家的花園裡。

那叢月季花開得比任何時候都好，也越長越高了。它一定吸收了很多來自別墅裡——也就是來自嘲風的負面氣息。可是，嘲風看起來明明很快活。這個嘲風著實不對勁。

接下來的日子，知宵繼續看著陌生的嘲風扔掉原來那個嘲風的所有一切。她不再接管螭吻仲介公司的生意、任由茶來偷懶；妖怪客棧的很多房客都丟了工作，她也沒再強迫他們繼續賺錢，還清房租；她甚至不再張口、閉口就是「妖怪法則」，變得比螭吻還懶散、更加不拘小節。

嘲風不像前幾天那樣為難小妖怪們，相反的，每天晚上她都會泡在酒館裡，和以前從來不用正眼瞧的小妖怪們喝酒、吹牛，完全不顧自己的形象和身分。第三天下午，她告訴大家，不久後她就會回龍宮城去，離開前，她會請客棧的所有房客吃飯。

房客們當然受寵若驚，急忙為這次晚餐做準備：小麻雀白若決定「絕食」幾天，以便騰出肚子享受嘲風的招待；山羊妖曲江刮了鬍子，還給自己變出一頭濃密的黑髮，又買了一身與髮型搭配的西裝；蜘蛛精八千萬正在網路上學習餐桌禮儀，為了顯得國際化，還學了幾句蹩腳的法語；兔妖阿吉努力練習著笑不露齒，因為，他覺得自己的兩顆大門牙不太好看……

大家都緊張過了頭，無論知宵怎麼告訴他們放輕鬆，只是一次晚餐而已，他們還是繼續我行我素。

危機就在前方，新的嘲風要完全消滅以前的嘲風了。

知宵擔心極了，好幾次想和螭吻聊聊，螭吻都只是說：一切都沒關係。為什麼大家都能如此平靜的接受嘲風的改變呢？知宵實在想不明白，只好一個人關著門生悶氣。

又過了一天，知宵正在家裡寫作業，柯立的姪子饅頭帶著禮物上門來，向他彙報監視嘲風的情況。

「我們找到一個特別像水橫舟的女人。」饅頭小聲說，「今天晚上，她要和嘲風見面。」

「是假嘲風。」知宵也壓低了聲音糾正道，雖然房間裡只有他和饅頭。「在哪兒？」

「桐蔭街八十九號。」

知宵決定和鼠妖們一起埋伏在那棟舊房子附近偷聽。吃過午飯後，他們悄悄前往桐蔭街，準備躲在地板下面的老鼠洞裡。

柯立和他的三個姪子——包子、饅頭和餃子，使出了渾身解數，總算把知宵變成了一隻灰撲撲的小老鼠。然後，他們一起鑽進老鼠洞，知宵被洞裡嗆人的氣味燻得直咳嗽。

「原來你們老鼠喜歡這種味道！」知宵用兩隻前爪摀著鼻子說道。

「一般的老鼠可能會喜歡，我們可是文明的鼠妖，特別愛整潔，不要把我們和他們混為一談。」柯立認真的糾正道，「這個老鼠洞的氣味實在噁心，我們特別選了這樣的地方是因為，它可以掩蓋我們身上的氣味。除此之外，就只能祈求老天爺，不要讓嘲風發現我們。」

柯立說罷，包子、饅頭和餃子用兩隻後腿站立，前爪握在一起，真的開始祈禱了。

知宵蹲在旁邊，努力習慣自己的新身體。他感覺耳朵變得靈敏多了，各種各樣的聲音從四面八方傳來。也不知過了多久，他聽到屋裡有了腳步聲，幾隻鼠妖悄悄的爬到老鼠洞的另一個出口，這兒離屋裡的人更近了。然後，他們屏住呼吸，豎著耳朵仔細聽。

「看來，你能夠駕馭那份力量了，很高興你回來，我的朋友。」這是嘲風的聲音，但很快又變成了江元的聲音，「是時候完成這場遊戲了。」

「很抱歉，我恐怕沒辦法和你一起去……」這是水橫舟的聲音。

一起去哪兒？知宵悄悄朝前挪了幾步，那位置能夠看到水橫舟和「嘲風」的腳。

「事到如今，難道你還有退路嗎？」

「可是，那太危險了，說不定……我又不像你一樣殺不死……」水橫舟結結巴巴的說。

江元冷笑了幾聲，說道：「信不信我現在就結束了你的小命？別以為這些年我待在那破山洞裡什麼都不知道。當初，為了不讓瑤華和嘲風失望，我努力想要變得無害，堅持吃她們刻意配製的、可以幫我控制戾氣的藥丸。那時的我是真心想要改變，希望有一天躺在草地上睡一覺，睡醒之後身體下的草還活著；希望有一天能夠和我親近的朋友在同一個屋簷下說笑、飲酒，而不會傷害到他們。後來，藥丸突然失效，我才發了狂，還因此害了瑤華。我所有的希望都沒了！我知道，其實是你調換了我的藥。你也是嘲風的徒弟，天知道你給我吃了什麼！我恨嘲風，因為她狠心把我封印在山洞裡；我更恨你，因為是你害死了瑤華！我知道你嫉妒瑤華，因為她比你聰明、伶俐，比你更得嘲風的歡心。我讓你活著便是憐惜你，不要再和我討價還價！」

「是我對不起你，但我為你做得還不夠多嗎？」水橫舟提高了聲音，「我幫你從山洞裡逃出來，在人類和妖怪的醫院裡播下花種，讓這些種子吸收醫院裡腐敗、衰亡的氣息，開出花來供你食用，幫你恢復這一百多年來被淨化掉的力量，甚至還幫你打傷了嘲風！你到底要怎樣才肯放過我？」

「只要瑤華回來就行。」江元的聲音又恢復了平靜，「還有，小水蛇，不要說得像是我逼迫你做這些事似的。嘲風從來不重視你，你早就對她懷恨在心了，不是嗎？我不過是給了你一個機會發洩恨意。放心，我不是讓你去送死，我們倆只需要毀掉那兒，然後躲得遠遠的，那才能給嘲風最大的打擊。從此之後，我們就兩不相欠了。」

房間裡恢復了平靜，過了半晌也沒人說話。

知宵擔心他們可能發現了偷聽的鼠妖們，又悄悄退回到老鼠洞裡。接著，知宵聽見玻璃破碎的聲音和重物摔在地上的聲音。幾隻小老鼠在洞裡跟著抖了幾下，暗暗祈禱著不要被發現。

過了十幾分鐘，他們才冷靜下來。知宵又爬到洞口，發現屋子裡已經沒了江元和水橫舟的蹤影。

「我出去看一看。」知宵說。

柯立和包子死死拽著知宵的尾巴，不讓他跑到洞外冒險。幸好這條尾巴是用衣服變成的，知宵並不覺得疼。

又過了十幾分鐘，外面還是毫無動靜。四隻鼠妖才小心翼翼的跟在知宵身後，爬到房間裡。玻璃碎片裡沾著血跡，看來江元和水橫舟起了衝突，現在不知道他們去了哪裡。

江元準備毀掉某個嘲風在意的地方，用腳趾頭也能想到他說的是哪裡。

知宵趕緊讓鼠妖們把自己變回來，他準備回妖怪客棧向螭吻報告。可是，剛跑出大門，就聽到身後的鼠妖們發出了害怕的「吱吱」聲。

知宵扭過頭，看到了擋在他和鼠妖們之間的江元，他正笑瞇瞇的看著知宵。

「小朋友，為什麼你總喜歡和我唱反調呢？」

江元那幽幽的聲音飄進知宵的耳朵裡。猛然間，知宵彷彿看到了戰場上的情景——黃沙掩埋著乾枯的屍體，一首令人驚恐的悲歌在空中飄蕩。

第十九章

龍宮城的災難

知宵拔腿就跑，沒能跑出一步，就被江元抓住，拉回屋子裡，扔到幾隻鼠妖面前。鼠妖們緊張得發抖，害得知宵也抖個不停，他小聲對柯立說：「等會兒我吸引江元的注意，你打電話給蝸吻先生！」

知宵就像隻橫行的螃蟹那樣，張牙舞爪的撲向江元。他想到上次在小木屋的情景，決定把江元凍起來。不過，江元只是稍微一側身，就躲過了知宵的攻擊。這時，柯立悄悄把手機掏出來，但還沒來得及撥號，就被江元發現了，他一揮手，手機就從柯立手中飛走，彈到牆壁上砸壞了。

知宵並不氣餒，繼續他的進攻，江元一次次躲過，最後還讓知宵一頭撞在牆上。知宵頭暈目眩，扶著牆等了大概十秒，才讓自己站穩。

「小朋友，我告訴過你吧！我會給你和你的朋友們準備一個驚喜，難道你不想看看這個驚喜是什麼嗎？接下來的遊戲會很好玩，保持好奇心，不要打斷我，好不好？」江元飄進來的聲音格外嚇人。

「如果你把傷害嘲風和破壞龍宮城，當成是驚喜和遊戲，我不需要這方面的好奇心！」知宵義正詞嚴的說。

突然之間，他覺得江元和螭吻有些相像，對什麼都不在乎，把世界當成遊戲場。與江元比起來，知宵覺得自己更成熟、更懂事。

「破壞龍宮城？你說得不無道理。嘲風看起來飛揚跋扈，不可一世，但她的心思和生活都簡單極了，弱點太明顯，很容易被利用或是被威脅，所以連你也能猜得出來。」江元笑了笑，「真糟糕，都說了是驚喜，你就算猜到了也不要說出來呀！那多沒意思！你以後真的會變成一個無趣的大人，會把身邊的人悶死。你再猜猜看，為了把龍宮城變成一個有趣的地方，我會在那兒做什麼呢？」

「無論你想做什麼，都不會得逞的！」知宵叫道。

「那你怎麼阻止我呢？」江元說，「我可沒說過我不會傷害你。你只是個人類，不知道自己有多脆弱。」

知宵沒再說什麼，再次握緊拳頭發起進攻。這次江元沒有避開他。知宵想到自己左手心的傷口，明白自己正撲向一團烈火，猛的停了下來。

江元又笑了笑，一把抓住了知宵。知宵哇哇大叫起來，過了好一會兒才反應過來，他並沒有被燒傷。

「還記得我們剛見面時，我對你說過，那隻對我汪汪叫的小白狗很罕見？」江元說，「其實我說的不是小狗，而是你。瞧！當我不想傷害你時，你就不會受傷。換成別的人或是妖怪就不一樣了，即使我努力要避免燒傷他們，他們的身上還是會留下傷，就連嘲風也是如此。所以，我一直把你當成朋友，不過，現在得委屈你一下了。」

見小老闆身處危險之中，四隻鼠妖總算鼓起勇氣戰勝恐懼，誇張的吱吱大叫著撲向江元。四隻鼠妖的拳頭落在江元身上，接著就冒起煙來，鼠妖們後退兩步，舉起手哇哇大叫。

江元無奈的說：「明知道結果還要衝上來，只能怪你們傻囉！」

江元伸手按在知宵的肩膀上，下一秒，知宵就發現自己動不了了。接著，江元又把柯立和他的三個姪子用法術定在原地。知宵拚命轉動眼珠子，餘光瞄到江元離開了屋子。突然，耳邊傳來「嗖」的一聲，好像有一條綠色的魚尾巴纏住了江元的左臂。接著，一陣旋風毫無徵兆的出現在屋子裡——這是嘲風和螭吻最擅長的小法術。

風裡出現了曲江、桃蹊、茶來和沈碧波。茶來和桃蹊解除了知宵和鼠妖們的定身術，知宵跑到門外，看到柳真真、螭吻和江元打了起來。螭吻用身上的鱗片變出一把劍來，正在和江元打鬥，柳真真倒在旁邊。

知宵跑過去扶起柳真真，發現她右手背上有燒傷的痕跡。剛才她趁機用毛筆纏住江元的胳膊，但江元輕鬆的擺脫了毛筆的藤蔓，打傷了她。毛筆裡冒出的藤蔓在空中晃來晃去，拚命想逼近江元。

這時，螭吻那把劍的劍身變得彎曲，將江元纏繞起來。江元試著想要掙脫鱗片劍，沒能成功，便說道：「螭吻！我得再次提醒你，嘲風還在我手上，你要注意分寸。」

螭吻愣了愣，他的劍鬆開了江元。江元甩了甩胳膊，嘴角帶著一縷不懷好意的笑，身影慢慢消失。

「別想逃走！」柳真真叫道。

藤蔓撲向江元，還是晚了一步，江元完全消失了。突然之間，空氣裡充滿一種說不清、道不明的壓力，直往大家的身體裡擠。接著，大家的腦子裡響起數不清的吼叫聲——怨、恨、留戀和不甘心，沒法再見到的人，沒能完成的心願……這些都是戰場上那些亡靈的聲音，他們訴說著想要活下去的渴望。

知宵心裡顫抖了一下，瞬間被悲傷占領。他想到了自己過世的父親，但這種感覺很快就消失了。他看到螭吻正盯著房子發呆，其他的夥伴們要麼抱頭大叫，要麼蹲在地上低聲啜泣。

「先生，您還好嗎？」知宵對螭吻說。

螭吻回過神來，勉強笑了笑。知宵又用相同的辦法叫醒了其他的朋友，這時候，江元早已經跑遠了。

「他要去龍宮城！他說要把龍宮城給毀了！」知宵大聲喊著。

螭吻帶著大家來到河邊，說：「大家不要怕，趕緊跳到水裡。」

知宵深吸一口氣，跳了下去。眼前一片漆黑，幾秒鐘之後，一道橘紅色的光芒出現了，眼前有一座不起眼的舊牌坊，光芒來自牌坊下掛著的兩盞燈籠。那光芒照亮的範圍有限，其他的地方還是一片黑暗。

「這是哪兒？」柳真真問。

「海底，龍宮城的入口。」桃蹊說。

可是，四周並沒有海水，知宵能夠自由呼吸，也不覺得身體不舒服。他張望著牌坊裡面，那邊也只有黑暗。龍宮城在哪兒呢？

「這是龍宮城，龍宮城！」柳真真拉著知宵和沈碧波，興奮得聲音都在發抖，「從認識螭吻先生那一天起，我就一直盼望著能到這兒來呢！」

「時隔五十年，沒想到……沒想到我還會回來！」柯立也抑制不住興奮之情。

「龍宮城的東西可好吃了。」包子舔了舔嘴角說。

蝸吻帶頭踏上兩級臺階，走進牌坊裡，馬上也被黑暗所吞沒。知宵、柳真真和沈碧波互相看了看，然後一齊跨進了牌坊內。

黑暗消失了，明亮的光線照過來。光芒太過刺眼，知宵伸手遮住眼睛，從指縫裡望出去，知道自己站在平緩的小山丘上，腳下是寬闊、平坦的青石大道，筆直的向前延伸。大道兩旁是幾間矮小的房屋，屋外掛著旗子，看來都是商店，這兒是一個小市集。看見有人從牌坊走進來，商店裡的夥計們都高聲吆喝著吸引客人。知宵瞅了瞅各家店裡的貨物，大多是海裡的土特產和紀念品。

小市集前面是一片草地，還長著幾棵矮樹；草地那邊的土地被田梗和水渠分開，種滿了奇怪的莊稼；莊稼地緊挨著一片柳樹林，柳樹那邊是高大的城牆。知宵回頭看了看牌坊，發現它的後面也是草地、樹林和莊稼地，一直延伸到遠處，和茫茫的大霧融合在一起，完全看不出大海在哪裡，完全沒辦法想像這個地方真的位於海底。

「這就是龍宮城嗎？」知宵問柯立。

「只能算郊外，誰都能到這兒來野餐、拍照。龍宮城在城牆裡。」柯立回答。

這裡確實是個郊遊的好地方，知宵和柳真真不由得玩興大發，離開大道四處跑來跑去，沈碧波一個勁兒說他們幼稚，並且慷慨的贈送他們好幾個漂亮的白眼。

「笨蛋，你們和螭吻、嘲風沾親帶故的，以後到這兒來的機會多著呢！快把心收回來！」茶來難得一本正經的說。

知宵和柳真真這才想到他們的任務，趕緊停止打鬧，回到大道上，一起追趕已經走遠的螭吻和桃蹊。

茶來又對知宵和鼠妖們訓斥道：「你們實在太莽撞，竟然跑去監視江元！難道不知道自己面對的敵人是什麼來頭嗎？為了救你們，我好好的午睡也被打斷，離完美的睡眠還差一個小時又五十三分！這麼大的損失，你們賠得起嗎？」

「誰教你們都說氣味不會騙人，都相信那個嘲風是真的呢？」知宵說，「我只好自己想辦法！」

「不對，我只是希望現在的嘲風是真的。」茶來糾正道，「但是，當螭吻讓我多多注意嘲風的一舉一動時，我就知道她有問題了。」

「我，準確的說，是我的毛筆也有一些懷疑。」柳真真說，「江元沒有氣味，為了扮演嘲風，他一定把自己的力量藏了起來，不過，我的毛筆還是察覺到了異常。『嘲風』可能受到江元的影響，身上殘留著江元的氣息，不過，我們沒辦法確定。這兩天我也一直想辦法接近『嘲風』，想弄清楚她的真實身分，只是不像你這樣，不顧後果就擅自行動。我猜啊！只有沈大少爺全心全意相信假嘲風吧！」

柳真真和知宵都看著沈碧波，沈碧波頓時漲紅了臉，自尊心驅使著他轉移話題，於是他對知宵說：「你知道真正的嘲風大人在哪兒嗎？」

知宵搖搖頭，說道：「我請螢火蟲先生幫忙找她，但還沒有消息。剛才聽了江元那番話，大概猜得到，他把嘲風囚禁起來了。」

天空中傳來鳥兒淒厲的鳴叫，是一群蟲雕；身後傳來野獸的嚎叫，那是天狗們。他們幾乎同時跑到了螭吻身邊。接著，銀沙和桃蹊就分別命令自己的手下，四散開去尋找江元。

大家很快來到了大道盡頭的城牆下。城牆比知宵想像的更加高大，他還聽到城牆裡傳來嗡嗡的聲音，彷彿有幾萬隻蜜蜂被困在裡面。接著，一隻黑色小怪物飛過來，對著螭吻深深的鞠了一個躬，螭吻也點頭回應。

小怪物叫重華，他的個頭和茶來差不多，兩隻小小的眼珠在巨大的眼眶裡滴溜溜轉個不停。他穿著寬大的藍色袍子，長著像蝙蝠那樣的翅膀。重華還有一個和他長相一樣的兄弟，喜歡穿米黃色的袍子，名叫重雲，他們倆便是看守龍宮城的守衛。不過，重雲和重華吵架後離家出走，至今也沒有回來。

螭吻拿出護照遞給重華，重華並沒有接下，而是對螭吻說：「嘲風大人吩咐過，不讓任何來訪者進城，即使是您也不行。」

「就跟當初我不讓嘲風進城一樣嘛！」螭吻一臉輕鬆的說，「這個臭江元偷了我的想法，我得找他收錢呢！」

小怪物一本正經說：「龍王不在，您和嘲風大人的地位是一樣的，但現在她是龍宮城的管理者，如果您們給我的命令相衝突，原則上我該優先聽從她的命令。這是我的職責所在，請您諒解。」

「不過，那個又不是真正的嘲風！」螭吻說。

重華滿眼疑惑，說道：「怎麼可能？她的氣味是嘲風大人的氣味，她還有嘲風大人的護照，兩樣都對，不是假的。很抱歉。」

重華飛走了，城牆裡又發出一陣嗡嗡聲。知宵感覺城牆可能也在向螭吻道歉。螭吻終於生氣了，轉頭對自己的同伴說：「江元那個混蛋倒很會利用時機，知道重華腦筋有些死板，有了嘲風的氣味和護照，龍宮城就是他的了！」

知宵覺得有一些不對勁。

「抱歉，先生，您早就知道嘲風是由江元假扮的了，對吧？」知宵問，「那麼，您為什麼不阻止他呢？」

「我當然知道，嘲風可是我的親姊姊！」螭吻回答，「正因為如此，我才不敢輕舉妄動。我跟江元對峙時，他威脅我說，如果我揭穿他，嘲風的性命就不保了。雖然我們是神獸，還是會死的，我不得不為嘲風著想，只好任由他借著嘲風的身分胡來。雖然有點擔心，但是，一開始時，江元不是大大改善了嘲風的形象嗎？可是，如果他想破壞龍宮城，我就不能撒手不管了。」

看著螭吻一臉痛苦的樣子，大家都不知道該說什麼。

這時，重華又從城牆上飛了下來，對螭吻說：「我不能接受您的命令，放你們進來。但我會飛進城裡，看看那是真嘲風還是騙子。」

重華又飛走了，這時銀沙上前對螭吻說：「難道我們就在這兒等著重華嗎？重華古板得要死，他的調查少說也需要兩天才會有結果。城牆雖然堅固難以摧毀，重建也有點困難，但打破結界就簡單多了，修補也容易。」

螭吻不置可否。

這時，知宵想到了一個主意，說：「可以開個老鼠洞嗎？」

「地底也有結界。」茶來說，「從老鼠洞進去，就只能待在地下，沒辦法到達地面上。」

「雖然修補結界很費工夫，我們也沒有其他辦法了。」

螭吻這麼說，應該是同意了。說完，螭吻長嘯一聲，化成了他本來的樣子——一隻龍身、鯉魚尾的神獸，駕著雲飛到空中；蠱雕和天狗們跟在他身後，連茶來也騎在一隻天狗的背上，準備助螭吻一臂之力。他們把所有的力量都集中起來，想破開城牆的結界。

嗡嗡聲越來越響，城牆也開始改變形狀，大門正前方的城樓突然變高，窗戶化成了眼睛，大門化成了嘴巴，又從側面伸出兩條長長的細胳膊——城樓變成了城樓怪。城樓怪的胳膊迅速變長，大手揮向螭吻一行人，想要阻止破壞結界的行為。一部分蠱雕和天狗只得分神對付城樓怪。

不遠處又伸來幾條更長的石臂，那是另外幾座甦醒的城樓怪，正在幫助自己的同伴。城牆還在嗡嗡作響，地面劇烈的震動起來，明亮的天空被烏雲覆蓋，雲層後面隱隱有龍嘯聲，看來，整個龍宮城都動怒了。

知宵、柳真真和沈碧波，外加四隻鼠妖以及曲江，因為沒辦法飛到天空中去，幫不上什麼忙，只能站在城樓前目不轉睛的盯著天空中的情況，在一旁加油助威。不知過了多久，知宵聽到「啪」的一聲輕響，天空中裂開一道縫。接著，一股旋風把他們捲起來，從裂縫進入龍宮城裡。

城樓怪的手臂不再追趕螭吻他們，而是忙著修補裂縫。然而，在城牆內側，無論是天空中還是地面上，都是拿著武器、穿著黑藍色制服、正把螭吻當敵人對待的衛兵。螭吻沒空和這些小妖小怪們講道理，掀起一陣龍捲風把他們捲得武器和帽子齊飛，沒多久，衛兵們就暈頭轉向了。

嘲風的氣息充滿了整個龍宮城，不僅因為江元在這兒，也因為這兒本來就是嘲風長年居住的地方，所以，要找到江元很不容易。螭吻讓知宵、柳真真、沈碧波、曲江以及四隻鼠妖去尋找江元，又說：「若你們沒心思找他，四處逛逛也行。」螭吻、荼來和蠱雕、天狗們則繼續在空中搜尋。

現在誰有心情四處閒逛？就算不用找江元，也要防著被蝦兵蟹將們圍攻。山羊妖曲江吟唱起一首奇怪的曲子，創造出了一個分身——一隻高大、半透明的山羊。然後，分身山羊一口把大家吞進肚子裡，開始在街道上橫衝直撞，躲開龍宮城衛兵的追擊。

沒過多久，知宵打了個冷顫，熟悉的冰冷感覺湧上心頭，他擔心的看了看自己的夥伴。

第二十章

毛筆裡的參天大樹

從空中望下去，龍宮城的街道整潔、乾淨，來來往往的妖怪們神色從容。這是一個和平、安寧的地方，是最令精靈、妖怪們憧憬的仙境之一。遊客們絡繹不絕，所以城外的牌坊旁才會有小市集。不用想也知道，嘲風在這兒花了很多精力，不過，要摧毀這片淨土，卻只需要江元一個下午的時間。

大家都找不到江元，但很快大家就會明白，空氣中處處都是他。進入龍宮城後，他不需要嘲風的身分作掩護，甚至捨棄了青蛙的形體，化成一片肉眼難以察覺的薄霧，瀰漫在龍宮城的空氣裡，無處不在。

曾經縈繞在古代戰死者心中的負面情緒，也慢慢占據龍宮城居民的心。他們的行為反常起來，有的難過得摀著臉痛哭，有的抱著頭在街上打轉，有的大聲對空氣道歉，有的拿起武器或掄起拳頭砸東西，還有的和朋友扭打在一起，互不相讓……傷心、痛苦、憤怒和絕望瀰散開來，城中一片混亂。

曲江回想起過往兩百多年的生命裡錯過的所有人和事，不禁老淚縱橫，再也沒心思控制分身，半透明的大山羊沒過幾秒鐘就消失了，大家都被甩到了大街上。柳真真、沈碧波和四隻鼠妖也都陷進了自己的負面情緒裡。

只有知宵還保持些許清醒，他甚至有些慶幸，他的朋友們只是自顧自傷心、痛苦，並沒有變得暴力起來。

突然，地面劇烈震動著，知宵看到街口有一頭朝他們筆直衝過來的怪獸，他有著青綠色的皮膚、凸出的額頭、肌肉鼓鼓的胳膊，還有兩隻巨大的腳掌。隨著怪獸一步步靠近，街道沒辦法承受他的力量，路面開始塌陷。

「大家快醒醒，我們得離開這兒！」知宵叫道。

可是誰也沒有搭理他，大家都哭得正起勁兒。知宵一個、一個使勁搖著大家的肩膀，只有柯立抬起頭望了望，一副生無可戀的模樣，對知宵說：「小老闆，請讓我靜一靜。」

眼看著怪獸就要衝過來踩死大家了，知宵急得像熱鍋上的螞蟻，卻不知道該怎麼做，他明白，自己也受到了江元的影響。

知宵深吸了一口氣，努力讓自己平靜下來。這時，他聽到身邊傳來嘩嘩的水聲。

「我能夠救大家，一定能想到辦法。」他在心裡為自己打氣。

怪獸越來越近了，巨大的衝擊讓他幾乎站不穩。知宵兩隻手臂舉到胸前，把全部的力量集中到手上。這時，街邊河裡的水晃動得更劇烈了，水面掀起大浪，水像突然有了生命一樣，飛到知宵舉起的手臂前，凝結成了一堵高達五公尺的厚冰牆。

「砰」的一聲，怪獸撞在冰牆上，兩隻眼珠在眼眶中轉了十來圈才不情不願的倒在地上。

「成功了！」知宵不由得跳了起來。

然而，朋友們完全沒注意到他英勇的舉動，依然在悲傷。知宵不禁有些失落。

「不錯喲！」空氣裡傳來了江元的聲音。

可是知宵看不到他，他大聲叫道：「我才不需要你的認可！」

因為沒辦法叫醒大家，知宵決定暫時拋下他們，暗暗祈禱他們不會被另一隻怪獸踩成碎片，然後獨自追趕江元。知宵拚命奔跑，有時候他能看見天空中飛過的蟲雕，或是從自己身邊竄過的天狗，但他們看起來都像著了魔，並不是在尋找江元。

天空中的霧越來越濃，顏色越來越深，江元吸收了大家的負面情緒，增強了自己的力量，然後又給大家更大的負面影響。現在，連知宵也不太能抵擋江元，他感覺得到江元正在侵占他的思想。

「三七二十一，四七二十八，五七三十五……」

知宵開始背誦九九乘法，這是他的絕招，能夠讓自己的意識集中起來，抵抗看不見的敵人。突然，他腦子裡靈光一閃，又跑回曲江、沈碧波和幾隻鼠妖身邊。

糟糕，柳真真不見了！

知宵跑過好幾個路口才看到柳真真，她正搖搖晃晃的前進著。

知宵趕上了她，叫她停下來，柳真真不搭理他，於是，他伸出手攔住柳真真。

「我已經很煩了，你就不要來煩我啦！知宵。」柳真真一把推開知宵。

知宵一個搖晃，差點跌倒，又伸手死死拉住柳真真的胳膊，說道：「看著我的眼睛，想想你的毛筆！你不是說要幫它實現心願嗎？你要淨化那隻青蛙怪！他就在這裡，你也必須在這裡，用你的毛筆對付他！」

「毛筆……」

柳真真喃喃的念道，從背包裡摸出那枝毛筆，沒等她下命令，筆尖就冒出一條條藤蔓——它們在空中延伸，越來越長，枝葉越來越繁茂，吞噬了空氣中的一部分黑氣。

知宵心裡一喜：這毛筆真是不可貌相，它真的能夠淨化戾氣！

但是，這欣喜不過維持了十秒——柳真真竟然扔掉了毛筆。沒了驅使它的主人，藤蔓的葉子開始枯萎，莖也越來越短，似乎準備退回到筆裡。知宵使勁搖晃柳真真的肩膀，希望她堅持住，柳真真毫無反應，完全沉入了自己的悲傷世界裡。

知宵只得撿起毛筆，對它說道：「我們的目標都是一樣的！我不是你的主人，但請你聽我的命令！」

毛筆裡的藤蔓又開始變長，繼續向空中延伸，吸收黑氣。知宵感覺到這枝毛筆正在吸收他的力量，化成自己的動力。他的體溫越來越低，不用照鏡子也明白，他的頭髮一定正在慢慢變白。

「我能支持多久呢？最後會完全變成一團雪吧？到了那時，我的身體還能恢復正常嗎？會不會像嘲風說的那樣，我會因此而死去呢？」

知宵心裡充滿了疑問，他有些害怕，但始終沒有鬆開手中的毛筆。很快的，藤蔓就覆蓋了大半條街，知宵覺得頭暈眼花。幸好他的雙腿凍僵了，沒辦法彎曲，所以依然穩穩的站著。他隱約聽到了建築物倒塌的聲音，說不定就在身邊，但他根本沒空關心自己的安全。

「小朋友，何必為難自己呢？這一切都不關你的事，也不該由你來承受。好好當一個只顧自己的小孩子難道不好嗎？這只是遊戲而已，我又不會殺死這兒的任何一隻妖怪，你著急什麼呀？」

江元的聲音再次出現在耳邊，輕輕柔柔的，竟然讓知宵想起小時候那一個個夜裡，媽媽對他講睡前故事的情景。他的手指慢慢鬆開那枝毛筆，突然，一隻溫暖的大手覆蓋住他的手，知宵又握緊了毛筆。

知宵清醒過來，看到了螭吻的臉。

「不要說話，集中注意力，我會把力量透過你傳給這枝毛筆。」螭吻笑著說，「你做得很好，知宵。」

「您還是原來的您，太好了！」知宵忍不住說道。

「這兒是我家，也是我力量的來源，我當然不會輕易受到影響。」螭吻說，「江元確實了不起，但龍宮城可不是他輕易能控制的地方。」

螭吻的力量流進知宵的身體裡，他覺得舒服多了。同時，藤蔓的生長速度變得更快了，它越長越高，莖也越來越粗，像一把綠色的大傘覆蓋了龍宮城的大半個天空，黑氣正被藤蔓源源不斷的吸走。

江元的計畫看來一定會失敗，知宵心裡充滿了喜悅。就在這時，螭吻突然發出一聲輕輕的呻吟。

知宵扭過頭，看到螭吻嘴角流出來一縷鮮血，水橫舟就在螭吻身後。她的臉上也有灼傷的痕跡，看來是在桐蔭街和江元爭執時，被江元打傷了。

「光是你，絕對傷不了我。」螭吻說。

「可是，我還有嘲風的力量。你一直贏不了她，現在你也贏不了我。」水横舟說。

螭吻笑了起來，甩了甩頭髮，用長者的口吻說：「小水，你跟隨嘲風三百多年，我以為你該明白，力量如同飄逸、柔順的長髮一樣，不會憑空出現，不過，一旦擁有了，別人也沒法輕易奪走。知宵，好好握著毛筆。」

知宵點點頭。螭吻正準備鬆開手對付水横舟，桃蹊的聲音從天空中傳來：「螭吻大人，不用您親自出手！水横舟傷了嘲風大人，我們絕對不會放過她。剩下的事情交給我們吧！」

蠱雕們從天空中靠近，天狗們從小街小巷裡鑽出來，把水横舟包圍住。

水横舟笑道：「那我們就試試，看你們到底能不能對付得了嘲風的力量！」

水横舟長嘯一聲，化成一條巨大的黑蛇飛到空中，天狗和蠱雕們緊追不捨，很快他們就鬥成一團了。

知宵顧不了那麼多，依然緊握著毛筆。筆中的藤蔓繼續延伸，覆蓋了整個龍宮城的天空，黑霧越來越稀薄，鼠妖們、曲江、茶來、沈碧波、柳真真，還有龍宮城的居民也慢慢清醒過來。江元沒辦法繼續吸收大家爆發出來的負面情緒，已經轉為弱勢。

柳真真呆呆的望著毛筆裡長出的藤蔓，螭吻伸手示意她過來，讓她握著毛筆。知宵這才鬆開手，長舒一口氣，雙腿也慢慢恢複知覺，他一屁股坐在地上，看著從毛筆裡長出的參天大樹。

這時，螭吻突然察覺到了什麼，鬆開毛筆飛進藤蔓叢，兩位知宵不認識的先生接替螭吻，繼續為這枝毛筆輸送力量。

茶來從街頭跑過來，縱身一躍跳進藤蔓叢裡，抓著一根枝條盪鞦韆。曲江和幾隻鼠妖也過來了，曲江抬頭望著壯觀的大樹，嘴裡又吟唱起奇怪的歌來，誰也聽不懂歌詞到底是什麼意思。最後，甚至還有一位鶴髮童顏的老人走過來，對著藤蔓吟詩。顯然的，他們都忘了正在發生的事，開始瞻仰這棵樹了。

過了一會兒，龍身、鯉魚尾的螭吻飛過來，化成人形落在地上，手裡拎著一團被綁住的灰色烏雲。

「好吧！你們人多勢眾，非常不體面的贏了我。」那團烏雲開口說道，這是江元的聲音。他的力量被毛筆淨化了一大半，已經沒辦法維持身形。「不過，這並不代表你們能夠笑到最後喲！螭吻啊螭吻，我再三提醒過你吧！嘲風還在我手上。」

「我當然知道。你已經被抓住，水橫舟也逃不了了，我倒是有很多有趣的辦法，能讓你把嘲風交出來。」螭吻說。

「呵呵！雖然很想體驗螭吻大人那些有趣的辦法，但是不麻煩了，我倒有一個主意。」江元的語氣聽起來很輕鬆，很難想像剛才就是他把龍宮城弄得一片混亂。「你放了我，我就放了嘲風。」

放了江元，就得擔心他總有一天又會禍害妖界。可是，螭吻似乎正在考慮這個條件。

柳真真大聲說道：「先生，不要聽他胡言亂語！臭青蛙，快把嘲風大人交出來，不然我就讓我的毛筆把你吞下去！」

「臭丫頭，我根本沒有實體，你這枝毛筆真的會把我消滅掉。可是消滅了我，嘲風也會跟著消失。」江元說完，又一臉賤笑的望著螭吻，繼續說，「你考慮得怎麼樣？」

螭吻歎了一口氣，說道：「沒辦法，誰讓她是我的親姊姊。」

「那還真是對不起，親姊姊這回拖累你了。」

嘲風那略帶沙啞卻依然驕傲的聲音傳來，大家一齊回過頭去，看到了背著手走過來的螢火蟲先生。他身邊還有一位老婆婆，看她的樣子，可能已經有一萬多歲了。很快的，兩位老人走近了，知宵一看到老婆婆那渾濁的雙眼，就覺得非常熟悉，他立刻明白，那正是嘲風！

螭吻「噗哧」一聲笑了出來，對嘲風說道：「姊姊，這是你扮老人最像的一次。」

「呵呵！親愛的弟弟。」嘲風的語氣裡滿是諷刺，還刻意模仿著江元的語氣，「這次可不是扮老人，我變成現在這副鬼樣子，就已經很吃力了。」

「雖然我更喜歡江元假扮的你，但你能安全回來也不錯。」螭吻又說。

嘲風也笑了，雖然牽動了一臉的皺紋，卻比任何時候都顯得溫和、親切。她環視了一下自己的朋友們，最後目光集中在江元身上，說道：「我或許沒有多少長進，但我不像你，我收集敵人的同時，也收集朋友。」

「是啊！這個無趣的世界，一定和無趣的你站在同一邊。」江元說，「我雖然輸了，但失敗的姿勢很好看，而你卻贏得很狼狽。」

「確實如此。你奪走我的氣味就等於奪走了我的身分，還想毀掉我苦心經營多年的形象。現在是把這一切還給我的時候了。」

「當然可以，不過我有一個條件。」江元的眼珠一轉，「你放了我，我就把氣味還給你。」

先是知宵、柳真真和沈碧波，接著是嘲風，最後是嘲風的氣味，江元手中似乎有用不完的籌碼。

嘲風點頭同意了，江元乖乖把氣味還給了嘲風。當然，知宵完全感覺不出來。接著，嘲風也遵照諾言，讓螭吻放走江元。

這一團灰色的雲飛到半空中，那些正往毛筆裡縮的藤蔓注意到江元，紛紛撲向他，但這枝毛筆也幾乎耗盡了自己的力量，江元左躲右閃，最後鑽到了藤蔓上方，飛過了龍宮城結界，越飛越高，與其他的雲融合在一起。

「嘲風，下一次我會準備更大的驚喜，還會有更好玩的遊戲！」天空中傳來江元的聲音。

「很期待啊！我等著！」嘲風大聲回應。

柳真真一臉不高興，對著嘲風嚷嚷道：「您怎麼能這麼草率呢？我們明明就能消滅他了呀！把他留下來，誰知道他還會做出什麼事呢？」

「那你也該明白，你真的準備消滅他，讓他徹底消失嗎？」嘲風說，「江元生來就是如此，他沒辦法選擇他是誰，但只要他還活著，他就有可能改變。你是驅妖師，你盡最大的努力淨化了他身體裡的大部分戾氣，讓他更有可能變得無害。畢竟，未來不可預期。我願意給他一個機會，你願意放過他一次嗎？」

柳真真沒說話，皺緊了眉頭，一肚子不服氣。

這時，天狗和蠱雕們也回來了，還押著被打得鼻青臉腫的水橫舟。水橫舟臉上的表情，和柳真真簡直一模一樣。

「哈！你們真是下手不留情啊！不過，我很滿意。」螭吻笑瞇瞇的說。

「不是我們。」桃蹊說，「她沒辦法控制嘲風大人的力量，走火入魔了。是她把自己傷成了這個樣子，自始至終，我們只是站在一旁，一邊嗑瓜子，一邊看她表演。」

「非常精采。作為觀眾，我們也很滿意。」銀沙也開起玩笑來。

水橫舟完全不在意舊友們對她的調侃。她望著嘲風，嘲風也望著她。在這對師徒之間，三百多年的情分如同山洪一樣匆匆流走，再也追不回來了。

最後，嘲風開口說道：「今天是一個適合原諒別人的日子。小水，我也願意再給你一次機會。我不會殺你，但從此你不再是我的弟子，龍宮城也永遠不再歡迎你。」

尾聲

龍宮城的風波平息後，螭吻一直待在龍宮城，指揮重建工作，苦心修補那破損的結界。

嘲風則留在螭吻的別墅裡，她不願看到破敗的龍宮城，更不願讓龍宮城的居民看到她老態龍鍾的模樣。那樣的話，她辛苦樹立的威信就毀於一旦了。

不僅是龍宮城的居民，嘲風不願意讓任何人看到她現在的樣子。她再次讓藤蔓覆蓋了別墅，一直待在屋子裡，一個星期之後才出門。反正離開工作已經太長一段時間，現在她一點也不急著回龍宮城去，決定把自己的假期無限期延長，再延長。

同時，她利用空閒時間傳授沈碧波魔藥學的知識。沈碧波偷偷告訴過知宵和柳真真，嘲風的脾氣好像和她的力量成正比，如今因為她沒多少力量，也不常發火了。

不過，這些話都被嘲風聽見了。

「你錯了，波波。我只是比以前更珍惜自己，生氣可不是珍惜自己的舉動。」嘲風說，「我不像螭吻，到處廣交朋友。我不太容易接納別人，所以只有我自己明白，我的弟子瑤華到底有多珍貴。一百多年前，她不幸去世，我一直對此耿耿於懷，想用無止盡的工作麻痺自己，結果卻把自己困住了，讓大家和我都不好受。事實卻是，若不好好面對自己，不僅會傷害自己，也會影響身邊的親友。」

「嘲風大人，我特別想知道，瑤華為什麼會死呢？」知宵問。

「我更想知道，螢火蟲先生是在哪兒找到您的？還有，您到底為什麼會變成一個老婆婆？」柳真真說。

「妖怪法則第十三條，無關緊要的問題永遠沒完沒了，不需要解答。」

三個孩子都一臉沮喪。

這時，嘲風又說：「但是呢，反正我有一大把時間需要打發，滿足一下你們的好奇心也行。跟我來。」

嘲風從口袋裡掏出一把看起來像古董的鑰匙，插進書房的鑰匙孔，擰了一圈，推開了門。

奇怪？門裡並不是書房，而是那個被藏起來的小木屋！

嘲風讓大家進去，然後關上門。

三個小夥伴都驚訝極了，沈碧波問道：「這到底是怎麼回事？這房子到底被藏在哪兒？」

「就在鑰匙裡。」嘲風說，「隨便把鑰匙插進哪個鎖孔裡，擰一圈，鑰匙裡的屋子就能暫時和現實中的屋子融合在一起；這時，只要打開房門，就能走進鑰匙裡的小屋中。你們被江元帶走時，他就是把鑰匙插在桐蔭街八十九號的大門上，後來他離開那兒，拿走了鑰匙也拿走了小屋，所以，你們後來就找不到這間屋子了。」

嘲風帶著大家來到掛著山水風景照的房間裡，繼續說道：「我一直被關在這裡面。水橫舟把我的氣味奪走，轉移到了沒有氣味的江元身上。她還順便把我幾千年的力量轉移給自己。我到現在都還不明白她是怎麼做到的。青出於藍而勝於藍，就這一點來看，為師的真的感到很欣慰。可是，她的想法太簡單了，只要我活著，屬於我的東西就會回到我身上。他們沒有殺我，這也是我會原諒他們的原因之一。」

「那螢火蟲先生又在哪兒找到了這把鑰匙呢？」知宵又問。

「誰知道？螢火蟲先生總有自己的辦法。說起來真是一肚子的氣，這把鑰匙本來就是他送給江元的！」嘲風說，「當年，我也不太記得正確是哪一年，瑤華的房子要被拆掉，於是螢火蟲先生幫忙把它藏進鑰匙裡，再把鑰匙送給了江元。老頭子告訴我，他只見過瑤華和江元幾次，但是一見如故。他覺得瑤華不在了，江元孤零零的太可憐，想替他保留那個房子，希望能給他一些堅持下去的希望。有朝一日，他被完全淨化，重新回到人世，也還有個落腳之處。他有這樣的打算其實很好，」嘲風歎了一口氣，「只是，我和他是幾千年的朋友，一直都很尊重他，但他擅自做出這樣的決定之前，至少應該告訴我。」

「雖然江元算計了您，但您其實一點兒都不討厭他，對吧？」柳真真語氣生硬的說。她還對那天嘲風放走江元一事耿耿於懷。

嘲風沒有正面回答柳真真的問題，說道：「我只恨自己沒為他做更多，我有機會能夠拯救他。當年的江元比現在還要麻煩，四處惹事。我本來和你的想法一樣，希望消滅他，但瑤華苦苦哀求我，江元也告訴我，他願意改變自己。於是，我決定給他一個機會。他差不多也算是我的半個弟子，無論多麼不起眼的小事，他都願意從頭學起，還學得特別用心。我為他研製了丹藥，又教他怎樣控制自己的毀滅性力量，他也慢慢好轉起來。可是，水橫舟換了江元的藥，他狂性大發，導致一整個村子的人類死亡。我準備親自出馬制止他，把他徹底消滅，但是，瑤華沒有放棄他，還是試著說服他。」嘲風苦澀的笑了笑，「結果江元根本沒認出瑤華，所以殺死了瑤華。臨死之前，瑤華依然懇求我再給江元一個機會。唉！我當時為什麼沒有及時阻止江元呢？雖然心裡恨死了江元，當時我還是答應了瑤華的請求，只是把他封印了起來。他一定覺得我太狠心，才會一直恨我，想辦法報復我。說到底，這一切都是我的錯。」

「不是！水橫舟才應該負最大的責任。」柳真真說。

「這也不能完全怪她。」嘲風糾正道，「她一直跟隨在我身邊，我知道她有多崇拜我，知道她一心想要擺脫水蛇的身分，有朝一日化身為龍。我自以為是的認為她永遠不會埋怨我、離開我，所以一直不太重視她，很少給她肯定。瞧！當師父和為人父母挺像的，心裡總有偏愛的一個，我向來又處理不好這方面的問題，所以就不太想再收弟子了。」

知宵不由得想到昨天柯立對他說過的話。嘲風早已經忘記這幾隻偷丹藥的小老鼠，水橫舟卻對他們緊追不捨，柯立總算想到了最可能的原因。

「我們剛變成妖怪時，高興過了頭，喝了點酒，當時醉醺醺的，發生什麼事情都忘了，現在我才想起來。」柯立說，「我們四處亂跑，好像闖進了水橫舟的家裡。那時候她一定吃了什麼奇怪的丹藥，想透過這條捷徑提高自己的功力，但她的試驗失敗，也走火入魔了。她一定知道我們看到了一切，好面子的她哪可能讓我們把她的祕密宣揚出去？於是決定對我們趕盡殺絕。」

水橫舟的確是嘲風的徒弟，或許也受了嘲風影響，對待自己太過苛刻。她現在又在哪兒呢？會不會依然和江元聯合，等待著機會捲土重來？

知宵並不是特別擔心，自從成為妖怪客棧的小老闆，他就明白自己的生活永遠不可能平靜的進行下去，風波永遠不會真正結束。同時，雖然發生了這麼一場風波，知宵發現，自己根本就不恨江元。如果有機會再見面，如果江元沒有繼續找嘲風的麻煩，大家依然可以做朋友。

「你能這樣想，我很高興。」嘲風看穿了知宵的心思，「江元一定也會明白你的想法，說不定會以此為動力，讓自己變成更好的妖怪呢！」

嘲風的目光轉向房間裡的那張山水風景照，知宵、柳真真和沈碧波也望著照片中的景色。

知宵突然發現了什麼，對嘲風說：「山坡上那棵老樹，是不是梅樹？」

「是的。」嘲風說。

「它不會就是瑤華的本體吧？」柳真真追問道。

嘲風點點頭，又說：「我沒有告訴江元，只要這棵梅樹活著，瑤華就不會真正死去，死去的只是作為精靈的她。我相信，有朝一日她會再次從那棵樹裡鑽出來。」

知宵和柳真真沉思著。

信念、希望和愛也和這棵梅花樹一樣，永遠不會消失。

新書預告

妖怪客棧3 傷魂鳥之歌

有嘲風相伴的暑假真是過得太辛苦了，幸好她提出要回龍宮城上班，然而，新學期也開始了。剛升上四年級的李知宵覺得班導師真的和嘲風很像，搞不好就是嘲風的另一個未知弟子！

妖怪客棧也很熱鬧。這天，妖怪客棧擠滿了妖怪，甚至還有螭吻的四姊姊蒲牢，大家幾乎要把妖怪客棧撐破了！妖怪們都在投訴相同的事：家門口的鹿吳山不見了，買了山景房的妖怪集體要求賠償。原來，鹿吳山的山神傷魂鳥鬧脾氣，二話不說揹著鹿吳山跑了！妖怪們七嘴八舌要李知宵幫忙討回公道，突然之間，他覺得嘲風和班導師還是非常和藹可親的……

妖怪客棧4 無盡的妖夢

李知宵接任妖怪客棧小老闆一年不到，就和三個龍子交了朋友：放蕩不羈的螭吻、嚴厲又刻板的嘲風和愛心氾濫的蒲牢。他們對他的評價都很高！在這一年裡，李知宵八分之一的雪妖力量慢慢甦醒，曾祖母章含煙的突然出現也讓他對妖怪客棧的歷史有了更多的好奇。

為了尋找曾祖母的蹤跡，李知宵約了柳真真和沈碧波，又開始了新一輪的冒險。這次，他們遇到了一位特別的龍子，他簡直比貓妖茶來還懶、比鼠妖柯立還膽小、比李知宵還不會使用妖力！這位龍子就是狻猊，他似乎陷入了一個無邊無際的惡夢中。到底發生了什麼事？惡夢背後的真相會有曾祖母下落的線索嗎？

你會收服書裡的哪隻妖怪呢？

Q1 **週末作業非常多，你會怎麼安排？**

□做好計畫，把作業盡快做完，再空出時間去玩。（→接答Q2）

□週六、週日的時間平均分配，每天做一點。（→接答Q2）

□先玩，作業等週日再說。（→接答Q3）

□無所謂，看心情。（→接答Q3）

Q2 **你喜歡做什麼事情來放鬆身心呢？**

□吃好吃的食物。（→接答Q4）

□躲在家裡看看書，聽聽音樂。（→接答Q4）

□出去旅行。（→接答Q5）

□太多了，數不過來。（→接答Q5）

Q3 **如果有朋友遇到困難，你會怎麼做？**

□默默幫忙，做好事不留名，朋友嘛！（→接答Q4）

□自告奮勇，熱情幫忙。（↓接答Q5）

□找更厲害的人來幫忙。（↓接答Q6）

□猶豫不決，覺得自己也幫不上忙。（↓接答Q2）

Q4 **如果遇上一件需要冒險去做的事，你會怎麼辦？**

□勇敢嘗試，就是喜歡冒險。（↓接答Q5）

□謹慎考慮，不喜歡冒險。（↓接答Q6）

Q5 **身邊的親友都覺得你是個什麼樣的人？**

□當然是個厲害的人啦！（你會收服的妖怪是：D）

□人緣很好的人。（你會收服的妖怪是：C）

□穩重又可靠的人。（↓接答Q6）

Q6 **你喜歡和比自己年長的人交朋友嗎？**

□喜歡。（你會收服的妖怪是：A）

□不喜歡。（你會收服的妖怪是：B）

快來看看你會收服的妖怪是誰！

A **山羊妖曲江**

你做事很講究邏輯性，有很好的學習習慣，雖然有時候也會偷懶，但自覺性很強。你是個穩重、可靠的朋友，大家都很信賴你。不過要記住，偶而冒個險，生活會更加精采喲！

B **鼠妖柯立**

你看起來沒沒無聞，卻有著自己的想法。你或許沒那麼在意潮流，但只要是自己喜歡的事情，一定能堅持到最後。千萬不要小看自己，其實大家心裡都很羡慕你的個性喲！

C **貓妖茶來**

你人緣很好，喜愛冒險，在你的身邊一定不缺歡笑，因為你永遠能為朋友帶來快樂。不過，有時候太隨意的個性會讓別人感到困擾喔！所以，記得也要照顧好身邊人的情緒。

D **龍子螭吻**

你是個萬人迷，表面看起來隨意，其實內心有著自己的節奏，因此你從來不會瞎擔心。或許是因為太優秀了，很多朋友在你身邊都會感到壓力，所以，要記得不能驕傲喲！

國家圖書館出版品預行編目 (CIP) 資料

妖怪客棧 2, 龍女的假期 / 楊翠著 .
-- 初版 . -- 新北市 : 悅智文化館 , 2019.12
256 面 ; 14.7×21 公分 . --
ISBN 978-986-7018-38-0(平裝)

859.6 108017596

妖怪客棧 2
龍女的假期

作　　者 / 楊翠
總 編 輯 / 徐昱
編　　輯 / 巫芷紜
封面繪製 / 古依平
執行美編 / 古依平

出 版 者 / 悅智文化事業有限公司
地　　址 / 新北市板橋區板新路 206 號 3 樓
電　　話 / 02-8952-4078
傳　　真 / 02-8952-4084
電子郵件 / sv5@elegantbooks.com.tw

戶　　名 / 悅智文化事業有限公司
郵政劃撥帳號 / 19452608

本書臺灣繁體版由四川一覽文化傳播廣告有限公司代理，經上海火雀文化傳媒有限公司及安徽少年兒童出版社授權出版。

初版一刷 2019 年 12 月　定價 240 元